Jean Forge
Abismoj

SERIO ORIGINALA LITERATURO

Jean Forge

Abismoj

Esperanto-Klasikaĵoj

MONDIAL

Mondial
Novjorko

**Jean Forge (Jan Fethke):
Abismoj**

Originala romano en Esperanto
(Esperanto-Klasikaĵoj)

Serio Originala Literaturo

Eldonis: © 2024 Mondial

Ĉi tiu eldono de 2024 estas represo de la eldono el 1923
aperinta ĉe la eldonejo Ferdinand Hirt & Sohn; kun tre
malmultaj korektoj de evidentaj mistajpoj. Ankaŭ la
kovrilbildo baziĝas sur la eldono de 1923.

ISBN 9781595690982

www.esperantoliteraturo.com

ANTAŬPAROLO

Estante nacilingva verkisto, mi sentas la tenton skribi originalan verkon en Esperanto. Kaj rimarkante la kreskantan ŝaton de la nacilingva leganto por la *moderna* romano, mi supozas, ke ankaŭ inter la Esperantistoj — ja homoj plej progresemaj — troviĝos similaj ŝatantoj por tiaspeca romano.

Mi deziras kontentigi per ĉi tiu verko la guston de l' moderna leganto: kreante ion, kio similas kaj samvaloras la hodiaŭan nacilingvan romanon laŭ stilo kaj enhavo, verkante ion nuntempan en la Esperanto de la jaro 1887 kaj fine restante internacie komprenebla kaj sendependa de ia nacilingva idiomo.

La aŭtoro

ĈEFAJ PERSONOJ DE LA ROMANO

Ernesto Muŝko, bienposedanto en Karlovo
Halino Borki, filino de najbara bienposedanto en Nivi
Mateo Ardo, artpentristo
Zonfo Biringo, lia fianĉino

Mia plumo ripozas. Kaj mia kapo, kiu doloras pro la elsuĉita cerbo, kliniĝas malsupren. Ĝi pendas peza kiel plumbo. Strange — verdire mia kapo ja estas malplena kaj kava, kvazaŭ ovo, kiun eltrinkis iu riĉulo dum matena manĝo... mia kapo, el kiu oni fortrinkis mian cerbon — la cerbon, kiun mi surpaperigis. Ĉar mi estas verkisto.

Unu horo jam pasis, kaj mia plumo ripozas. Tiu plumo, kiu estas kurinta senlace sur la papero... hodiaŭ ĝi ĉesas rakonti, ĉar mankas la necesaj ideoj. Mi sentas, ke mi finis hodiaŭ mian verkistan karieron — eble por ĉiam?

La suno brilas en mian malĝojan ĉambreton, en kiu kaŭras geedziĝintaj malsato kaj malvarmo. La suno volas revivigi min. Sed ankaŭ ĝi ne kapablas — ĝi, el kiu mi ĉerpis ĉion! Ĝiaj radioj ne plu sukcesas fleksi miajn fingrojn, kiuj rigidiĝis pro la frosto.

Mi sidas ĉe la skribtablo kaj pensas... pensas. Sed ĉia penado restas vana. La ideoj, kiuj antaŭe alflugis kiel trilantaj birdetoj, ne volas aperi. Kun la somero ĉi tiuj birdetoj forflugis. Ĉu iam ili revenos?...

Mi apogas mian kapon sur miaj kubutoj. Miaj okuloj rigardas la blankan paperon, kiu kuŝas antaŭ mi. Nigraj vortoj en longaj vicoj staras sur ĝi... vortoj, kiujn mi ne komprenas. La papero estas spegulo, en kiu mi rigardis mian animon. Sed ĝi malklariĝis. Kaj mia animo troviĝas ie alie...

La frosto glaciigis mian internon. Vane mi frotas mian frunton per la manoj, vane mi premas mian kapon por... ion pensi, trovi iun ideon, iun motivon. Vane, vane...

Kaj la horoj pasas konstante. La malvarmo pli sentiĝas. Kaj la suno kliniĝas malantaŭ la ruĝajn tegmentojn de la kontraŭaj domoj...

Grizo marŝas tra la stratoj. Kaj ĝin sekvas frosto, kiu pendiĝas ĉe la fenestroj. Blankajn rozojn ĝi pentras sur la vitroj...

La rozoj kliniĝas al mi kun moka saluto kaj anoncas la vintron...

La vintro venas kaj mi sidas senmove. Mi sentas, ke ĝi ekloĝos ĉe mi en mia ĉambro, ke ĝi ekkaŭros sur la forno kaj rikanos pri mi... pri mi, kiu ne posedas karbojn...

Mi levas min malrapide kaj paŝas en la ĉambron. Kiel forpeli tiun trudeman kaŭranton, kiel krei la agrablan varmon, kiu sola povus revivigi min kaj miajn fingrojn?...

Mi metas sur min mian vintran mantelon. Mi malfermas la grandan ŝrankon enpense. Manuskriptoj falas el ĝi sur la plankon... antaŭ la fornon.

Antaŭ la fornon... ĉu ekbruligi miajn manuskriptojn, kiujn mi skribis dum longaj nigraj noktoj? Ĉu oferi la produktaĵojn de mia spirito, ke ili revivigu kaj degeligu mian cerbon glaciiĝintan? Mi ekstremas...

Iam mi ne bezonis malsati kaj malvarmi. Iam miaj manuskriptoj vendiĝis. Miaj verkoj estis avide legataj... Kaj hodiaŭ? Hodiaŭ amasiĝas miaj manuskriptoj en la ŝranko kaj servas al musoj kiel mordetaĵo. Neniu ilin deziras... Ili estas tro malmodernaj, taŭgaj eventuale por maljunaj virgulinoj aŭ piaj maljunulinoj, sed neniel respondaj al la bezonoj kaj postuloj de l' moderna leganto... tiel diras la eldonistoj. Kiam ŝanĝiĝos mia sorto? Kiam nova epoko ekestos en mia verkista kariero?...

Mi revenas al la skribtablo kaj sidiĝas. Miaj rigidaj fingroj ekprenas la plumon, trempas ĝin en la inkujon kaj faras grandan dikan strekon sur la papero... longan nigran linion, kiu surkuras oblikve la vortajn vicojn...

Poste mi eksaltas. Mi volas rifuĝi for el mia ĉambro. Forlasi mian hejmon, en kiu la frosto kaj malsato malice loĝiĝas. Mi scias, ke mi ne taŭgas kiel tria loĝa kunulo...

Sur la strato lumiĝas lanternoj.

Mi estas kuntirata en la grandega homa rivero, kiu fluas senhalte antaŭen. Mi mem ŝajnas al mi kvazaŭ ŝipa rompaĵo fornaĝanta de la bordo kaj skuata de la akva turniĝo al iu nedifinita celo...

Antaŭ granda helega lumaro halte amasiĝas la homa rivero.

Oni puŝas min en enirejon, kie brilas grandegaj afiŝoj. El la interno fluas varmo, kiu allogas min kun nevenkebla persisto. Mi staras sendecide. La lastajn monajn biletojn mi serĉas. La varmo logas...

"Flanken!" diras dika sinjoro en uniformo, la pordisto, kaj donas al mi puŝon. "Ĉu vi ne vidas, ke la aliaj homoj ne povas preterpasi?"

Jam mi staras antaŭ la kaso. Mi aĉetas bileton kaj eniras.

Agrabla varmo akceptas min. Ĝi vivigas miajn frostiĝintajn pensojn. Mi ĉirkaŭrigardas: mi troviĝas en kabaredo.

Mi sidiĝas ĉe unu el la kutimaj tabletoj, dum la kelnero rapidas por alporti al mi varman trinkaĵon. Mi estas kontentega, ke mi sidas ĉi tie. La prezentaĵoj sur la scenejo min tute ne interesas. Mi ĝuas nur la varmon, kiu fluas el proksima hejtcentraliza forneto kaj iom post iom enpenetras miajn krurojn kaj supren leviĝas. Kun nepriskribebla oportunega kontento mi trinke eltiras el la taso la varmegan kafon, gluton post gluto. La kafo ruliĝas malrapide en la stomakon kaj kreas survoje varman fluon, kiu potence penetras en mian karnon.

"He, amiko! Pro kio vi sidas sola ĉi tie?" diras sinjora voĉo malantaŭ mi.

Mi ekkonas, ke estas mia kolego Kariŝ, la filmverkisto. Li estas ĉiam en bona humoro, kvankam liaj enspezoj estas tre moderaj. Li estas nomata inter ni la "pruntulo", ĉar li konstante prunteprenas monon por iel vivteni sin. Sed hodiaŭ li ŝajnas esti en eksterordinare bona humoro, ĉar lia tuta vizaĝo ridas.

Kiam li rimarkas mian malbonhumoran kaj malgajan vizaĝon, li komencas konsoli min. Li sukcesas decidigi min, ke mi sidiĝas al alia tablo, ĉe kiu sidas diversaj aliaj kolegoj. La bonhumora societo revivigas min. Oni akceptas min kun miro pro mia longtempa foresto en la klubo.

Oni denove komencas la prezentadon sur la scenejo. Mi rigardas la programon, kiu kuŝas antaŭ mi sur la tablo. La lasta numero de la programo estas grandioza sensacio de hinda fakiro.

Kun scivolo mi atendas lin.

Kiam li aperas sur la scenejo, subite estiĝas solena silento en la salonego. Ĉiu rigardas senmove al la scenejo, kie brilas malgranda globo el mirindaj koloroj. La koloroj estas nedifineblaj, ili ŝanĝiĝas rapide kaj ekbrilas mistere. Magia forto ŝajnas flui el ĉi tiu globo. Ĝi estas formita el vitro, el kristalo, el oro, el blua ĉielo... mirinda!

La altstatura hinda fakiro staras apude kvazaŭ ŝtona kolono. Nur liaj lipoj moviĝas en mallaŭta murmuro, kiu leviĝas tra la profunda silento kvazaŭ iu preĝo, iu alvoko je iu nekonata potenco! Kaj liaj rigidaj okuloj brilas mistere.

Kaj la globeto, kuŝanta en alteco de liaj manoj, komencas ekbrili pli forte kaj sorĉe.

Mia spiro haltas... mi ekscitiĝas. Mirindaĵojn mi vidas. La globo pligrandiĝas. Ĝi nun estas mirinda spegulo, en kiu homa vivo rebrilas.

Jen, ĉu ne estas maro ŝaŭmanta? Ĉu ne ŝtonaj granduloj de rokoj? Ĉu ne flortapiŝaj herbejoj? Ĉu ne urboj kun fabrikaj kamentuboj fumantaj? Ĉu ne vintra pejzaĝo? Ĉu ne suno brilanta? Ĉu ne luno karese lumanta?...

Kaj mi fermas la okulojn. Mi rekliniĝas apoge sur mia seĝo. Ia ĝis nun nekonita sento de feliĉego plenigas mian koron. Mi revas. Mia animo ekvagas ĉe la rando de la nun-tempo, volante transpaŝi la limojn de realeco, kaj ekflugas en la misteran landon de l' fantazio...

Mi vekiĝas. La publiko tondras entuziasme. La man-plaŭdado estas nekonforma al la sceno, kiu ŝajnas al mi iel sankta kaj serioza. La hinda fakiro ridetas kaj danke klinas la kapon. La mistera globeto briletas trankvile...

Miaj kolegoj vigle diskutas.

"Estas nura sugestio...", diras unu.

"Ia potenca transigo de pensoj kaj imagoj...", diras alia.

Oni plu diskutas pri ĉi tiu temo, kiu estis pridiskutata jam de miloj da homoj kaj ĉiam restas nova kaj neesplorita. Oni parolas pri hipnotismo, telepatio... fine oni transiras al spiritismo. Oni konsideras la eblecon de postmorta vivado, la eblecon de ia komunikiĝo kun animoj de mortintoj...

La prezentado jam finiĝis.

Oni "transloĝiĝas" al alia salono, kie la artistoj kutimas aranĝi post la prezentado gajan kaj petolan amuzvesperon kun dancado.

Verdire, mi devas iri hejmen nun. Mia monujo estas mal-plena, sed mi timas iri hejmen, kie min atendas malgajeco kaj melankolio, kie inside ŝtelatendas min la frosto.

Mi restas. Mi sidiĝas en iu angulo, el kiu mi povas rigardi la dancantajn parojn.

Ankoraŭfoje preterpasas mian memoron, kion mi an-taŭe vidis sur la scenejo. Kaj denove haltas miaj pensoj ĉe la hinda fakiro. Kaj subite kiel fulma ekbrilo pensiĝas iu ideo en mi: Kio? Se estus eble, ke la hinda fakiro povus helpi min... min, kiu pro manko de ideoj devas malsati?...

Kaj subite en mi kreiĝas ia deziro, iaspeca subkonscia sopiro vidi tiun homon kaj paroli kun li. Eble li eĉ ĉeestas en ĉi tiu salono?...

Miaj okuloj serĉas inter la babilantaj kaj ridantaj homoj – sed nenie li estas videbla.

Ies mano tuŝas mian ŝultron kaj ies voĉo aŭdiĝas, en kiu miksiĝas stranga fremda akcento kun obtuzaj sonoj:

"Vi serĉas min, sinjoro?..."

Antaŭ mi staras la hindo. Lia ŝtona rigardo penetras en la abismon de mia animo kaj palpas kvazaŭ elektra lanterno en mia cerbo. Ĝi tremigas min tutkorpe.

Mi klopodas kaŝi mian ektimon kaj balbutas:

"Efektive... sed kiel estas eble, ke vi venis al mi, ne sciante miajn dezirojn?"

"Tute simpla afero. Mi bone sentis, ke vi vokis min, kvankam via vokado nur estis spirita..."

Li sidiĝas kontraŭ mi.

Mi sentas, ke el li fluas iu nemezurebla spirita potenco, kiu min faras senforta kaj malaplomba.

Balbute mi rakontas al li pri mia situacio. Li aŭskultas min atente. Poste delikata rideto ludas ĉirkaŭ liaj lipoj. Promesante helpon li proponas forlasi ĉi tiun societon de homaj mizeruloj...

Nur peze mi leviĝas. Iu ŝarĝo kvazaŭ premas min malsupren. Mi iras al la vestejo por preni mian mantelon...

Kun plumbaj piedoj mi paŝas post li.

La luno brilas. La domaj granduloj siluete kaj gigante kreskas en la ĉielon. Iliaj nigregaj ombroj kovras nin mistere.

Solece ni marŝas unu apud la alia. La silento, kiu ĉirkaŭas nin, ordonas mutecon...

Nur miaj dentoj klaketas. Mi ne scias, ĉu pro la frosto aŭ pro la interna malvarma terursimila stranga sento. Pli profunden mi enpoŝigas miajn manojn kaj levas supren miajn ŝultrojn... Miaj oreloj, en kiujn penetras la kava resono de niaj ŝuoj sur la pavimo, karesiĝas je la pelta kolumo. Ĉi tiu estas ankoraŭ glora devenaĵo el la tempo de miaj sukcesoj, kiam gazetistoj kaj eldonistoj venadis al mi por peti pri miaj verkoj.

Estis iam... .

Nigraj pensoj trakuras mian cerbon...

Mi sekvas la hindon kvazaŭ fantomon. Ofte lia altstatura figuro droniĝas en la nigraĵo, kiu regas en la malvastaj stratetoj, kiujn ni nun trapasas. Tiam mi sekvas lin, atente aŭskultante liajn paŝojn, kies mistera resono estas al mi nevidebla gvidanto.

Sed baldaŭ lia ombrego reaperas en la malklara lumo de mizera strata lanterno kaj nigriĝas minace en la hela lumo de l' luno...

Ni haltas antaŭ ŝtona pordego, kiu aŭtomate malfermiĝas. Malgranda servisto staras antaŭ ni. En la mallumo mi ne ekkonas lian vizaĝon.

"Maragar," diras la hindo, "Ĉu iu demandis pri mi dum mia foresto?"

"Neniu", li respondas kaj fermas la pordegon.

Ni suprenpaŝas ŝtuparon. Antaŭ mi malfermiĝas pordo, kaj mi eniras duonhelan ĉambron.

Miaj piedoj sentas molegajn tapiŝojn, kiuj ŝajnas priteksitaj. De la plafono brilas ronda lumo vualita per flava silko kvazaŭ sunego. Ĉirkaŭ ĝi krono da lumetoj, similaj al steloj. La murojn kovras purpuraj kadroj kvadrataj. Ŝajnas al mi, ke iaj okuloj rigardas el ili trabore kaj observe. Malgrandaj verdaj lampetoj saltas petole laŭlonge de la muroj...

Mi sidiĝas en profundan apogseĝon. La hindo staras antaŭ mi. En lia mano briletas la globo. Lia plumbopeza voĉo aŭdiĝas kaj obtuze resonas:

"Vi volis vidi ion, kion via plumo povus poste priskribi. Mi plenumos vian deziron. Vi rigardos, kion rigardis ĝis nun neniu alia vivanto. Ĉar vi rigardos en la abismojn. Via okulo penetros en plej profundajn abismojn de homaj animoj. Ĝi rigardos tien, kie regas por homa okulo eterna mallumo! Vi vidos, kio okazas en tiuj profundoj, kiujn neniu kapablas mezuri! Kaj via orelo aŭdos la kaŝan pensaron, kiu ŝtelvagas en la abismoj... tiun mutan pensaron, kiu vetrapidiĝas konfuze kaj cirkulas pasie! Ĉi tiu pensaro laŭtiĝos por via orelo kaj fariĝos parolo! Malsupren vi paŝos en ĉi tiujn abismojn de homaj animoj... kaj spertos, kio en ili okazas reale! Aliaj ili estas ol ili ŝajnas al homaj cerboj! Kaj vi esploros ĉi tiujn abismojn ĝisfunde kaj poste vi povos al homoj rakonti..."

Ie... malproksime aŭdiĝas melankolia muziko, miksita kun sonorila sonado.

Mi sentas, ke malvarmeta mano metiĝas sur miajn tempiojn, ke min trakuras nevenkebla apati-simila sento, ia dormemo....

Sed antaŭ mi la globo ekbrilas en oraj koloroj kaj pligrandiĝas konstante. Ĝi formiĝas pli kaj pli vaste kvazaŭ grandega disko...

Grandega disko... helega suno... kaj ĝiaj radioj brilas en diversaj koloroj. Ia giganta luma spegulo...

Kaj subite kvar makuloj aperas sur ĝi... kvar ruĝaj rondaĵoj... sangaj!

La muziko laŭtiĝas... iu ritmo dormiga kvazaŭ lulkanto!

Mi sentas, ke mi malpeziĝas iom post iom... ke ie mi ŝvebas al nekonataj regionoj... ke mi proksimiĝas al la disko kaj al la muziko...

Pli kaj pli granda kaj brila fariĝas la suna spegulo... Nun ĝi similas grandegan luman arkaĵon, sub kiun mi paŝas...

La sangaj makuloj paliĝas. Ili flue disiĝas en ruĝan riveron...

La muziko ekscitiĝas... ĝi levas min per sia ritmo...

Mi perdas mian ekvilibron... mi ŝanceliĝas... mi sidiĝas...

ĈAPITRO I

ERNESTO MUŜKO:

Kie mi estas? Ha! en kafejo...
La orkestro ludas iun valson... la sonoj dancas tra la kafejo, dancas tra la vejnoj de la homoj, dancigas la sangon, klopodas krei sentojn voluptajn, volas ebriigi la aŭskultantojn...

Kion volas la fraŭlino apud mi? Mi devas demandi ŝin. Ŝi sidas apud mi ĉe la tablo. Antaŭ ŝi staras glaso da vino. De tempo al tempo ŝi trinkas malgrandan gluton. Kaj ŝiaj lipoj brilas ruĝe, soife...

La homoj sidas en longaj vicoj: sinjoroj, fraŭlinoj...

Nigre vestitaj sinjoroj kuras freneze tien kaj reen. Tiuj nigraj dupieduloj englutas monon, tre multe da mono... kaj kun kiaj strangaj indiferentaj mienoj ili tion faras... Ili skribas, notas ion en libretoj kaj ŝvab-fingre balaas la monbiletojn en la poŝon... tute aŭtomate kiel maŝinoj! Kaj la homoj restas trankvilaj, malfermas al tiuj monbalaistoj siajn monujojn, permesas, ke la longaj malgrasaj ungegoj de tiuj nigruloj prenaĉas la monon senĝene... Mi devas protesti kontraŭ tia fia agado!

Ha, kion mi vidas! Estas vere amuza afero. La nigruloj alportas bonan vinon kaj ĉampanon al la pagemuloj kaj ankoraŭ aliajn multajn bonajn trinkaĵojn kaj manĝaĵojn... De kie ŝtelis tiuj ruzuloj tiajn bonaĵojn, kiujn ili vendas kontraŭ multaj, multaj monaj biletoj... aha, pro tio ili kuradas tiel freneze . .. certe ili timas, ke iu povus rimarki, ke ili ŝtelaĉis tiujn bonaĵojn... tiaj malsaĝuloj .. . ili eble kredas, ke la homoj ne havas okulojn, ke ili ne rimarkas ilian ŝtelistan agadon?... Sed de kie ili tiel rapide...

La orkestro ludas.

Diable, jen staras ankaŭ tiaj samaj nigruloj! Kiel ritme ili klinas la kapon... movas la brakojn akorde kun la movoj de la takta bastono de la nigra ĉefdiablo... he, diru nur al mi, kiam vi estis la lastan fojon ĉe la frizisto?... viaj haroj ja estas diable longegaj kaj en terura malordo... ha, vi volas, ke la homoj pli facile pro la haroj ekkonu, ke vi estas la ĉefdiablo... hm, efektive vi estas prava, iu speciala ekkonilo estas nepre necesa... vi nigraj diabloj aspektas tiel same kaj simile unu kiel la alia... sed atentu bone, mia kara!... jen la malgranda violonisto konkuras vin... lia hararo estas ankaŭ longa... ĝi estus ankoraŭ pli longa, se ĝi estus en tia malordo kiel la via... sed vi estas ruzulo, vi intence malordigas ĝin, por ke ĝi ŝajnu pli longa... sed tamen se la malgranda violonisto lasos kreski la harojn ankoraŭ dum du semajnoj, mi... mi garantias nenion...

Sed la nigruloj estas ruzaj homoj... ili aranĝas la tutan ŝtelistan aferon kun muziko... oni dum la muziko ne aŭdas tiel forte la tintadon kaj bruon de la ŝtelitaĵoj, kio eble povus perfidi ilin... mi estas nur scivola, ĉu la ludantoj ricevas same tiom da mono, kiom la kolegoj fingre balaas?...

Kial vi tiel rikanas, nigra diablo?... vi volas min kolerigi per tio?... rigardaĉu min nur trankvile, se tio kaŭzas plezuron al vi... sed kion vi dirus, se mi eksaltus nun kaj forprenus de vi vian violonon... ekprenus vian hartufon kaj... nu, ni diru, kaj donus al vi vangfrapon... kion vi poste farus... mi dubas, ĉu vi plu rikanus...

La sonoj dancas pasie... kaj la lampoj dancas kun ili en radia ronddanco... volas kuntiri min... la nigraj diabloj saltas en takto tien kaj reen... kaj iliaj nigraj vostoj turniĝas freneze inter la tabloj kaj seĝoj... kaj la sidantaj sinjoroj klinas en takto la kapojn... kaj la fraŭlinoj frapas per la piedoj, sidas maltrankvile sur siaj seĝoj... ilia sango kundancas en la vejnoj kaj vekas vipante dezirojn avidajn kaj sentojn bestecajn...

"Trinku, trinku", diras la fraŭlino ĉe mia flanko kaj ŝovas mian glason pli proksimen.

"Mi ne trinkas ŝtelitan vinon", mi respondas kaj reŝovas la glason.

"Sed ĝi ja ne estas ŝtelita," ŝi diras, "trinku ĝin, ĝi estas tre bona."

"Ne babilaĉu tiajn sterkaĵojn," mi koleriĝas, "ha, mi mem scias, ke ĝi bone gustas. Tion vi ne bezonas diri al mi. Sed mi ne trinkas ŝtelitan vinon, mi estas honesta homo, tre... tre honesta homo, kaj se vi ne volas kredi tion, iru al la diablo, tiu povos atesti ĝin al vi skribe... skribe, mi diras, vi povas postuli eĉ ateston per ruĝa sanga inko skribitan, se vi volas!"

"Sed la vino ne estas ŝtelita," ŝi kontraŭparolas, "trankviliĝu pri tio, vi ja poste pagos ĝin al la kelnero."

Mi laŭte ekridas.

"Bonega afero! Al kiu mi pagos? Al la kelnero? Ha! mi komprenas, vi volis diri: al la nigra diablo. Bonege! Ĉu vi efektive ankoraŭ ne rimarkis, ke ĉio ĉi, kion ni trinkas aŭ manĝas, estas de ie ŝtelita? Sed vi ja estas komplete blinda, se vi tion ne vidas. Kaj jen la nigraj diabloj, kiuj faras tiun muzikon, estas iliaj helpantoj... jes, se ili ne havus tian muzikon, la tuta afero ne funkcius tiel bonege."

Ŝi silentas kaj denove englutas la vinon. Ŝiaj longaj nudaj brakoj brilas blanke kaj ŝiaj fingroj ludas pasie...

"Diru, karulo," ŝi klinas sin tute proksime al mi, "ĉu ni ne volas forlasi la kafejon?"

Ŝia varmega spiro pasie trafas mian vizaĝon kaj la varmego, kiu fluas el ŝiaj okuloj kaj lipoj, el ŝia duonnuda brusto, el ŝia tuta korpo, transiĝas al mi, volas veki ion en mi... ŝia tuta korpo krias voluptan deziron...

Sed mia sango restas trankvila. Mi forpuŝas ŝian manon, kies fingroj suprenrampas mian brakon.

"Sed ni volas foriri..."

Antaŭ mi staras unu el la nigraj diabloj, notas ion en libreto kaj diras kun indiferenta voĉo:

"Dumil cent, sinjoro!"

Ĉu vi freneziĝis, nigra diablo?

"Por ŝtelita vino vi postulas tiom da mono", mi diras al li. "Sed mi petas vin, sinjoro, vi... vi... devas pripensi, ke mi perdis hodiaŭ tre multe da mono... da mono, mi diras, mi perdis... kaj nun vi postulas por ŝtelita vino, jes, por ŝtelita, mi diras, tioman sumon..."

"Mi tre petas vin, sinjoro, ke vi pagu la kalkulon, ĉar mia tempo estas limigita."

Ĵus la muziko denove eksonas...

"Tio estas al mi tute egala," mi krias, "sed konfesu mem, sinjoro, estas efektive tro alta sumo..."

La nigrulo dancas malpacience tien kaj reen.

"Nu, prenu, diablo, kaj englutu!"

Mi ĵetas la monajn biletojn, kiujn mi havas, sur la tablon... restas nur malmultaj en mia monujo...

Li enpoŝigas ilin aŭtomate kaj kliniĝas salute...

Mi leviĝas kaj prenas mian ĉapelon.

Diable, tiu muziko!... hop... atentu... la sennombraj lampoj jen disiĝas, jen kuniĝas... ili dancas en freneza rondo... kaj la nigraj diabloj turniĝas ĉirkaŭ mi... kaj la planko sub mi malleviĝas kaj leviĝas laŭ la takta mezuro de la orkestrestro... la tabloj kaj seĝoj eĉ dancas... kial la muzikistoj rikanas?... ĉar mi pagis la ŝtelitan vinon?... diable, tiu muziko!... kaj tiuj lampoj dancantaj... gardu vin... ĉar ili perforte volas kuntiri vin en sian sovaĝan dancon...

Mi paŝas malrapide kaj singarde.

Mi staras sur la strato. Mola varma brako ŝovas sin sub la mian...

Kion volas tiu fraŭlino de mi? Mi devas veturi hejmen, nepre. Tuj, se mi povas. Mi prenos aŭtomobilon. Mi volas dormi...

"Iru, iru!" mi diras kaj liberigas min de ŝia brako, "mi ne bezonas vin, iru, serĉu alian..."

Sed ŝi ne foriras.

"Iru, mi diras... mi ne volas vidi vin... monon vi volas gluti, bestaĉo!... mi ne havas monon, forlasu min..."

"Nenion mi volas," ŝi flustras, "nur iom da amo, iomete da amo!"

Kolero ekprenas min... mi forpuŝas ŝin... hop, kiom la tero ŝanceliĝas sub miaj piedoj...

"Kaptu vin diablo, fia hundino!"

Mi estas sola. Kion mi nur volis fari? Veturi hejmen. Bone. Sed sur la strato estas tiel mallume. Mi devas iri al la ĉefstrato? Sed en kiun direkton mi devas iri? Sed kie mi estas? Mi ja forlasis la kafejon tra la malantaŭa elirejo kaj staras nun sur malluma strateto. Tiu diabla fraŭlino estas kulpa pri tio. Ĉu reiri en la kafejon? Mi timas iri tien. Mi timas la nigrajn diablojn. Ili certe rikanos pri mia malsaĝeco... aŭ ke mi pagis la ŝtelitan vinon... eble ili retenos min en la kafejo... ili ja aŭdis, kiel mi parolis pri la ŝtelita vino... ili nun scias, ke mi ekkonis ilian kaŝan agadon ŝtelistan... certe mi povus fariĝi al ili danĝera... kaj mi timas ilian muzikon... kaj la dancantajn lampojn, kiuj denove klopodus kuntiri min en sian frenezan dancon...

Mi volas veturi hejmen. Mi estas jam laca. Miaj okuloj doloras pro la akra cigareda fumo, kiu estis en la kafejo. Kaj mia kapo estas peza. Kion fari?

Mallaŭte atingas min ekscitaj melodioj de la diabla muziko... la strata lanterno antaŭ mi komencas danci... duoble disiĝas... volas kuntiri min... for ien ajn!...

Mi iras laŭlonge de la domoj. Mi ŝanceliĝas renkonte al helega blanka lumo, kiu brilas antaŭ mi. La tero sub mi ankoraŭ ne trankviliĝis, kvankam la melodio ne estas plu aŭdebla. Kio estas? Ĉu mi paŝas en montara regiono? Supren... malsupren... supren... diable, kian vojon mi iras! Hop!... ŝtono... preskaŭ mi estus falinta pro ĝi. Sed la vojo estas efektive stranga. Jen ĝi leviĝas, jen malleviĝas... estas terure. Kaj la lumo antaŭ mi estas maltrankvila...

Sed jen staras aŭtomobilo!

"Halo! Ĉu libera?" mi demandas.

"Jes, sinjoro, kien mi veturigu?"

"Hejmen, hejmen", mi diras.

La aŭtomobilisto ĵetas strangan rigardon sur min kaj diras:

"Tre bone, sed diru al mi, sinjoro, kie vi loĝas?"

"Pardonu, ke mi forgesis diri ĝin tuj", mi diras malrapide.

"Atendu momenton, mi devas unue pripensi, kien vi veturigos min... jes, kien vi veturigos min... nu, al la bieno de sinjoro Muŝko. Kaj sinjoro Muŝko estas mi..."

"Sed al kiu vilaĝo?" demandas la viro pacience.

"Nu, ĉiuokaze estas najbare de Nivi, vi jam trovos... najbare de Nivi sendube..."

"Nivi", ripetas la viro kaj serĉas ion en siaj poŝoj.

Kion li volas fari? Ĉu li estas freneza? Mi malpacienciĝas.

"Nu sinjoro, ĉu vi ne volas veturigi min?"

"Tuj, tuj," li trankviligas, "mi volas nur rigardi sur la geografia karto."

Li iras en la lumon de la helaj aŭtomobilaj lanternoj kaj disfaldas sian karton.

"Ĉu vi volas veturi al Karlovo?" li demandas post momento.

"Tre prave," mi diras, "tie mi loĝas."

Mi sidigas min sur la molajn remburaĵojn, li fermas la pordon, ni ekveturas.

Ha, se la ĉevalo estus kurinta tiel rapide, kiel ĉi tiu aŭtomobilo, mi ne estus perdinta mian monon... mi vetis hodiaŭ mian tutan havaĵon je tiu ĉi besto... ĝi estis ja belega kuranto, kaj mia amiko, al kiu ĝi apartenis, estis same kiel mi konvinkita, ke ĝi venkos hodiaŭ en la granda vetkurado... mono!... mono!... kiamaniere mi havigos ĝin al mi?... kaj miaj ŝuldoj kreskas konstante. Mia patro ne vivas plu, kaj la bieno ankaŭ ne estas libera je ŝuldoj... la bankroto alproksimiĝas rapidpaŝe kvazaŭ terura fantomo... kaj ĉiu krias je mono, je malpuraj aĉaj monaj biletoj, kiujn la fingroj tiel rapide elspezas kaj nur malofte ricevas enspeze... kiamaniere mi ricevos pli grandan amason da tiuj malpuraj paperaĉoj?... mi devus fariĝi nigra diablo... hejme mi havas ankoraŭ preskaŭ novan diablan vestaĵon... mi estus la plej nigra kaj bela inter ili... noti en la libreto kaj fingre balai mi certe lerte kapablus kaj eligus el la monujoj de la sidantaj gesinjoroj ankoraŭ pli multajn biletojn ol la aliaj diabloj... ho, mi jam aranĝus la aferon... sed kiu administrus mian bienon?...

Se oni povus vivi sen mono... ĉio kostas tiel multe... la fraŭlinoj... poste la vino... la teatro... la amikoj... la vojaĝoj... la aŭtomobilo... mi estis malsaĝa, ke mi prenis aŭtomobilon... sinjoro Ernesto Muŝko, se vi daŭrigos tian vivon, ne savos vin eĉ plej riĉa rikolto... diable, la afero fariĝas ĉiam pli kaj pli sufoka kaj malvasta... kaj kiu eltiros min el la marĉo kaj ŝlimo, en kiun mi profundiĝas, droniĝas...?

La aŭtomobilo kuras freneze. Plej bone estus, se ĝi falus nun en iun abismon... Estus bonege... komprenebla kondiĉe, ke sinjoro Ernesto Muŝko rompus ĉi-okaze sian nukon... aŭ frakasus ĉiujn siajn ostojn... sed ni ne miksu nin en aferojn de la sorto... ĝi jam scios, kiel plej bone ruinigi sinjoron Muŝko... ni ne kaŭzu al ni pro tio nenecesajn zorgojn!...

Sed la marĉo, en kiun mi falis, estas efektive tre profunda kaj granda, kaj la tuta aŭtomobilo povus droniĝi en ĝi... kion mi diras!.. La tuta bieno de sinjoro Muŝko kun ĉiuj veturiloj kaj ĉiuj ĉevaloj, brutaro... kun ĉiuj domoj, grenejoj, maŝinoj ktp.... ho, la marĉo englutos ĉion... atendu nur ankoraŭ unu jareton... kaj vi havos tute la saman opinion... mi scias, ke vi ankoraŭ dubas iomete pri la grandeco de la marĉo... nu, mi devas malkaŝe konfesi al vi, ke ankaŭ mi en la komenco ne estis konvinkita pri tioma grando kaj profundo... mi opiniis, ke estas nur ŝlimo, en kiun mi paŝis, kaj mi esperis baldaŭ trapaŝi ĝin... sed terure eraris... kiam mi paŝis tutan jaron kaj mezuris ĝin iomete...

Sed sinjoro Muŝko, vi devas serĉi vojon, sur kiu vi el-iros el la ŝlimego plej baldaŭ kaj plej facile... vi ridas opi-niante, ke estas utopio, kion ni diras?... sed pardonu, sin-joro Muŝko, vi devas resti serioza... kaj ĉar vi estas tro malsaĝa trovi rimedon, kiu kondukos vin denove sur fortikan fundamenton, ni devas helpi vin... efektive vi estas kompatinda homo... diru nur al ni, sinjoro Muŝko, ĉu vi jam iam pripensis, kiu estos "sinjorino Muŝko"?... nu, ne koleriĝu, trankvilo, trankvilo estas necesega en tiaj aferoj... vi neniam volas edziĝi... tre laŭdinde, tre imitinde... ni havas tute la saman opinion, ke edziĝo estas plej granda malsaĝaĵo, kiun homo povas fari dum sia vivo... kompreneble tio koncernas nur la viron... por fraŭlino estas plej bone, se ŝi edziniĝas plej rapide... vi tute konsentas pri tio?... bone!... ĉu niaj opinioj ne harmonias bonege?... sed ni ankoraŭfoje volas komenci... estas tre imitinde, se iu sinjoro ne volas edziĝi... sed ne por vi, sinjoro Muŝko!... trankvilon!... ne interrompu nin, sed aŭskultu nin, kion ni diros al vi... pripensu, se vi havus belan ĉarman edzinon... komprenebl ŝi devus esti tute laŭ via gusto... kaj se tiu edzino havus tre, tre multe da mono... mono, kiu poste apartenus al vi kaj forprenus ĉiujn viajn zorgojn, eltirus vin el la marĉo, eltirus vian tutan bienon... ha, vi ridetas kontente... ni ja tuj sciis, ke tiu ideo trovas vian aprobon... vi demandas, kie vi serĉu tian edzinon?... Sed ni petas vin, sinjoro Muŝko, ne ŝajnigu tian stultecon... vi efektive ne scias?... ni diros al vi nur unu vorton: Nivi!... nu, fine vi komprenas... kompreneble fraŭlino Halino, jes, Halino Borki... pli bonan vi neniam trovos... kaj ni ja scias, ke vi jam ĉiam simpatiis al ŝi... kaj ŝi ŝatis vin plej multe el ĉiuj sinjoroj... ŝi konsentos, kaj la maljuna Borki ankaŭ konsentos... kaj pripensu, la maljuna Borki ne vivos eterne, kaj Nivi estas granda riĉa bieno... hm, tio estus grasega manĝero por via gastronoma stomako... vi estas nun konvinkita, ke vi devas edziĝi kun fraŭlino Halino Borki?... bonege!... ni tute ne supozis, ke estos al ni tiel facile konvinki vin pri tio... jes, sinjoro Muŝko, oni nur devas ĉiam aŭskulti trankvile niajn konsilojn...

La aŭtomobilo rapidegas, baldaŭ mi estas hejme.

Karlovo! Ni alvenis. La aŭtomobilo haltas antaŭ mia domo. La viro antaŭ mi turnas sian vizaĝon al mi kaj diras:

"Ĉu vi loĝas ĉi tie, sinjoro, aŭ ĉu mi veturigu vin al alia loko?"

"Ne, ne," mi respondas, "estas bone. Diru, kiom kostas la veturo? Sed rapidiĝu, ĉar mi volas iri dormi... dormi, mi diras."

Li malfermas la pordon, helpas al mi eliri... hop, la tero ankoraŭ ne trankviliĝis... kaj la arboj en la brilo de la lanternoj klinas sin tien kaj reen... kaj en la luma vojo alrampas ŝanceliĝante iu nigraĵo... ĉu estas denove iu nigra diablo, kiu volas havi monon?...

"Vi... vi... aŭtomatulo... vi, aŭto..."

Diable, la lango ne volas plu funkcii... ĉu pro la ŝtelita vino, kiun mi trinkis?... eble ili enmiksis en la vinon iun venenon... kiu povas scii... mi ja estis por ili danĝera persono...

ha! mi jam scias, kiu faris ĝin... hop, la tero ruliĝas sub miaj piedoj... mi devas apogi min kontraŭ la aŭtomobilo... malbenita afero, ankaŭ ĝi ne volas apogi min, sed forruliĝas...

"Vi... vi metu ŝtonon sub la radon... sub la ra-a-ado-deton, deton, mi diras, ĉar ĝi volas forkuri... forku-u-uri!..."

"Trankviliĝu, sinjoro," diras la viro antaŭ mi, "ĝi ne forkuros."

Tiu viro ja estas blinda, se li ne vidas, ke la aŭtomobilo komencas ruliĝi, mi tion ja sentas... estas ja tute komprenebla, ĉar la pezo de mia korpo ja ŝovas la veturilon antaŭen... mi devos denove sidiĝi sur la remburaĵoj, kiuj estas fortikaj kaj ne dancas kaj mi... dormos iomete tie... bonega afero... hop, la pordo ja forkuras... lasu ĝin... mi dormos sen pordo, simpla afero... la viro povas serĉi ĝin, kaj se li ne trovos ĝin, li veturos sen pordoj... hahaha... ĉu vi vidis jam foje aŭtomobilon sen pordoj?... estos ja sensacia okazaĵo por la tuta urbo, cetere bona motivo por grandioza kriminala filmo sub la titolo: "La senporda aŭtomobilo"... antaŭen!... la remburaĵoj ja estas tute proksimaj... ili invitas min al dormeto... atendu nur ankoraŭ momenton... hop, saltetu, sinjoro Muŝko!...

Iu forta brako retenas min, kaj iu voĉo diras:

"Sinjoro, estas jam malfrue! Venu, ni iros dormi hejme."

Mi koleriĝas kaj krias:

"La-la-lasu min! Mi volas sekvi kaj obei al ilia invito... al la rem-remburaĵ-invito, ĉu vi komprenas?... al la rembu... bububu..."

Mia lango ne volas funkcii... certe pro la ŝtelita vino, en kiu certe estis iu veneno... sed la diabloj ne enmiksis la venenon, tion mi scias... la fraŭlino faris ĝin sendube... ŝi volis venĝi sin, ke mi ne iris kun ŝi... tia bestaĉo!...

"Bonvolu pagi, sinjoro," diris la viro, "estas jam malfrue."

Pagi?... enstomakigi monon vi volas... manĝaĉi la malpurajn paperaĉojn el mia monujo, kiel hundo manĝas el sia manĝujo... ĉu vi estas ankaŭ tia nigra diablo el la kafejo?... vi estas maskita diablo, opinias, ke mi ne ekkonos vin pro via alia vestaĵo... sed mi diros al vi, kio perfidas vin ĉiujn... tio estas via monglutemo, kiu estas nesatigebla kaj montriĝas tre ofte... sed jen en la luma vojo de la lanternoj alrampas iu nigraĵo... ĝi ŝanceliĝas tien kaj reen... kaj estas tre nigra kaj longega... ĝi ŝanĝiĝas konstante... longiĝas, mallongiĝas subite... eĉ saltas sur la arbojn... dancas sur ili tien kaj reen... denove saltas malsupren, longiĝas en la sama momento... ĉu estas ankaŭ tia nigra diablo?...

"Vi... vi... aŭtoma... aŭtomo, tomo... bilo... lo-lulo, jen la nigra diablo... kiu, kiu, mi diras, diru, diru... komprenis... ulo?..."

"Pagu, pagu, sinjoro!"

En la brilego de la lanternoj mi serĉas miajn paperaĉojn, kaj li prenas ilin, dankas kaj enpoŝigas ilin... de malantaŭe tuŝas min io, ĉirkaŭsaltas min... la nigraĵo estas kvarpieda kaj longhara... hihihi!... tio ja estas diablido, juna diablido... kion?... vi jam volas gluti monon, vi juna diablido?... vi lekas mian manon... via longa lekaĉema lango soifas je malpuraj paperaĉoj... hihihi, vi longhara diablido iru al la frizisto, kiu fortondos al vi la harojn... hop, fortan piedfrapon sur vian vostaĉon... ha, bonege!... hahaha, kiom kuregas la diablido... huj, huj, huj!... mi tute ne sciis, ke diablido bojas... kaj la diabla vosto, kiom ĝi preme retiriĝas inter la piedojn... la diablido amuzas min...

R-r-r-r... ekbruas la motoro.

"Bonan nokton", diras la viro kaj saltas sur sian sid-lokon.

"Adiaŭ rembu, rembu, rembu, bi-ba-bo-bu, bi-bo-ba-bu-raĵoj . ..", mi kantetas kaj paŝas al la domo.

Brrrrr... for estas la aŭtomobilo... ĉu la pordoj restis ĉi tie? Tondron, mi ne povas kompromiti la homon!...

"Haltu!... Ha-a-altu-u-u...!!" mi krias kaj faras geston per la mano... hop, estas danĝere fari tiajn gestojn, ĉar la tero tuj maltrankviliĝas kaj ruliĝas sub miaj piedoj... sed li ne aŭdas... nu, al mi estas egale... mi ja ne veturigas la aŭtomobilon... jen en la pordo de la domo staras la maljuna servisto Johano kun lanterno...

"He, ĉu la lito estas preta?" mi krias.

"Jes, via sinjora moŝto", li rediras.

"Hm, kion mi volis diri... ha, jes, se oni morgaŭ trovos du... du pordojn, du pordojn, mi diras, du pordojn de... de aŭ... aŭ... aŭ... tomo... oni konservu bone... tre bone, mi diras..."

Hop, la ŝtupoj... lumigu pli bone... ha, vi grizulo volas rompi al mi la nukon per via mizera lanternaĉo... kiu dancas de unu flanko al la alia... kie restis la diablido?... ĉu ĝi ne revenos?... mi volas dormi... mi estas jam laca... morgaŭ, morgaŭ mi komencos surpaŝi la novan firman vojon... kaj mi elpaŝos el la ŝlimego... hop, la sojlo... kiel glitiga estas ankoraŭ la ŝlimo... kiel neĝo... preskaŭ mi estus falinta... morgaŭ mi komencos mian laboron... Halino...

"Hali... halo... halino...", mi kantetas kaj ŝanceliĝas en la domon post la lanterno, kies dancon mi laŭdancas...

Mi ne sukcesos?... Kiu kuraĝas tion aserti? Eble vi diablido?...

"Hahaha..." mi ekridas laŭte, "vi estas ĉiuj malsaĝ... aĝaĉ... luluoj..."

"Jen, mi petas vian sinjoran moŝton", diras la lanternulo kaj montras per la mano al malluma truo.

"En tiun abismon vi volas... pu... puŝi min?..."

"Jen la dormoĉambro de via sinjora moŝto."

"Hali... halo... halino... diru, Johano, ĉu mi sukcesos?..."

La lanternulo stulte rigardas min kaj ne respondas.

"Nu respondu, lanterna diablido", mi krias.

"Certe, certe," balbutas la diablido, "certe via sinjora moŝto sukcesos. Bonan nokton!"

Jen brilas blankaĵo... la lito sendube... mi estas laca... mi dormos longe... ha... tre longe kaj tre bone...

Hahaha!... kaj morgaŭ?... Hali... halo... halino...

Sendube la nomo estas bonega... Hali... haha... nomo kaj mono!

Hali... halooo... monooo... hohooo......!

* * *

Grizo ĉirkaŭas min. Grizo kuŝas en mia kapo...

Io susuras en ĉi tiu grizaĵo... zumas tintante... ie malproksime... subite ĉesiĝas...

Ha, estas la vekhorloĝo de Johano, de la inspektoro... ĉu mi scias? Eble iu servistino devas leviĝi por iri en la bovinejon, por melki la bestojn...

La tinto resonas en mia dekstra orelo... ne volas ĉesiĝi... ĝi turmentas min. Ĝi eniĝas en mian cerbon kaj boras elinterne kontraŭ la frunto per mil akraj pikiloj kaj najloj...

Tiu malbenita vekhorloĝo... kiam ĝi ĉesos tinti? Se mi ne estus tiel laca, mi prizorgus ĉi tiun aferon en inda maniero... neniam plu ili kuraĝus streĉi tian turmentan instrumenton, pri tio vi povas esti certa!...

Hm, la hieraŭa tago estis por vi malfacila kaj laciga, sinjoro Muŝko! Sendube la homo en tia situacio bezonas ripozon. Kiel estas eble, ke tiaj homaĉoj malebligas malice vian ripozon je frua horo? Pli energia vi devas esti...

Ha! mi volas dormi...

Miaj okuloj fermiĝas... mi klinas la kapon al la muro...

Sed ia bruo aŭdiĝas... veturilo sendube!

Ĝi trapasas mian korton. Diable, kiu?...

Duondorme mi ruliĝas el la lito al la fenestro... mi kaŝas min malantaŭ la kurtenon...

Nenia dubo: sinjoro Borki kun filino el Nivi veturas al la stacio...

Mi reiras en mian liton. Lasu ilin veturi, se tio ilin amuzas! Lasu ilin ĝui la konscion, ke ili veturas ankoraŭ tra la korto kaj kamparo de sinjoro Muŝko! Lasu la maljunan Borki rigardi mian mizeran rikolton ĉi-jaran... Lasu ilin vojaĝi al Kastelujo, al tiu malbeninda mon-elpoŝigujo... lasu ilin...

Mi preferas resti hejme en mia lito, kie mi povas ripozi kaj forgesi ĉi tiujn premantajn zorgojn...

Mi dormetadas... miaj pensoj iom post iom kuŝiĝas en ordo unu al la alia... nur de tempo al tempo unu el ili eksaltas, kiam incitas ĝin la laŭta ekkrako de iu vipo aŭ iu instiga krio de la veturigistoj, kiuj elveturas al la rikolta laboro...

"Halo, he, halo..."

La inspektoro laŭte vokas trans la korto...

Halo...

Huj!... kiel mia pensaro subite eksaltas konfuze...

Hali, halo, halino...

Kion, Halino?... Hieraŭ mi faris gravan decidon... mi devas edzinigi ŝin... hodiaŭ mi preskaŭ tion forgesis. Ha, ŝi forveturis ĵus al Kastelujo... kion ŝi volas tie? Kion povas serĉi fraŭlino veturanta al grandurbo? Kion?...

Ŝi serĉas iun okazon... iun favoran okazon, kiu kondukos en ŝiajn brakojn iun viron... En kio alia ja konsistas fraŭlina okupo, se ne en konstanta serĉado de iu favora okazo kapti iun viron, kiu konvenus kiel edzo estonta? Kaj mi restas...

Frapado aŭdiĝas. Ĉi tiu nova ĝeno de mia ripozo koler-igas min.

"Sinjora moŝto," aŭdiĝas iu voĉo malantaŭ la pordo, "estas jam la sepa horo. Sinjoro inspektoro deziras la ŝlos-ilojn de la grenejo. La homoj atendas..."

"Iru for! Mi nun ne havas tempon...", mi ordonas.

"Sed la homoj atendas. Sinjoro inspektoro tre petas..."

"Kaptu vin diablo!" mi krias. "Lasu min en paco!..."

Furioze mi ekprenas boton, kiu brue trafas la pordon.

La trudemulo foriras. Nur kiam liaj paŝoj ŝutrene perdiĝas en la silento, mia trankvilo revenas.

Tra miaj palpebroj mi vidas ion helan enŝteliĝi en la grizaĵon.

Ĉi tiu helo pli intensiĝas. Iom post iom ĝi fariĝas arĝenta. La luno ekbrilas?...

ĈAPITRO II

MATEO ARDO:

La luno...

El la malgranda ĝardeno fluas en la ĉambron tilia odoro. Kaj la luno brilas en la varma somera nokto... kaptiĝas en la ora hararo de Zonjo... karesas ŝiajn blankajn ŝultrojn kaj brakojn.

Ŝi sidas ĉe la malfermita fenestro.

Ĉiam denove mi admonas:

"Pli multe da rideto! Hieraŭ vi sciis tiel mistere rideti... tiel mirinde, kaj hodiaŭ... ĉu via humoro ne estas bona? Kio okazis?"

La tilio floras. Nun ĝi dormadas, sed la odoro restas. La sveniga odoro, kiu dormigas la homojn. Ankaŭ ili nun dormas... eble ili havas belajn sonĝojn kvietajn. Se oni povus pentri ilin... Estas tiel silente...

Nur ni maldormas, ni ambaŭ: Zonjo kaj mi.

Sed ŝi estas tiel alia hodiaŭ...

Mi pentras, ŝi sidas kiel modelo. "Lunaj Revoj" mi volas titoli la bildon. Se ĝi pendos en la venonta ekspozicio kaj la homoj ekhaltos antaŭ la bildo, kritikos, diskutos, – nature oni devos pendigi la bildon en apartan ejon, ankaŭ la lumigo devos esti bonega – certe ĝi allogos la homojn! Kaj se ĝi ricevos poste la unuan premion? Ha, vi opinias, ke ne? Mi diras al vi: "Lunaj Revoj" estos la sensacio de la venonta internacia ekspozicio... Sed la rideto... mi ne scias, kion fari, se mi ne sukcesos reakiri la rideton, kiun ŝi montris hieraŭ... kion mi faros? Ankaŭ la luno brilas hodiaŭ malpli intense. Hieraŭ, jes, hieraŭ...

Mi volis pentri la tutan nokton, ĝis la mateno krepuskos. Sed ŝi estis tro laca kaj deziris ripozi. Kaj hodiaŭ...

"Zonjo, kuraĝe! Kie restas via rideto?"

Kaj ŝi ekridetas... mi vidas, ke estas deviga aliformigo de l' buŝo... grimacigo de l' trajtoj. Kie restis via rideto... la dolĉa rideto, kiun viaj lipoj formis hieraŭ?

La tilio dormas, kaj ni maldormas... ni kaj la luno. Sed ĝi ŝajnas laca hodiaŭ, ĉu kaŭzis tion la hieraŭa tago? Sed ne, la nuboj estas kulpaj pri tio, kiuj ĝin kaŝas? Aŭ ĝi mem kaŝiĝas, ne volas plu helpi efektivigi la pentraĵon "Lunaj Revoj", kiu akiros la unuan premion? Kial ĝi forruliĝas nun malantaŭ nigran nuban muron?

Mallaŭte kaj malrapide ŝi leviĝas de la fenestro, paŝas al mi.

Mi formetas la penikon kaj paletron. Mi ĉirkaŭbrakas ŝian nukon kaj levas ŝian kapeton per la dekstra mano. Ĉu ŝi ridetas? La mallumo, kiu nin vualas, ne permesas ekkoni ŝiajn trajtojn.

Sed subite... tremeto, kaj sur mian manon falas varmaj gutoj... varmaj kaj dolorplenaj larmoj.

"Zonjo, vi ploras? Diru al mi, kion signifas la larmoj?" mi diras kviete.

Ŝi ĝemas. Ŝia brusto leviĝadas... la ŝultroj tremadas...

"Lasu!..."

Ŝi liberigas sin de mia ĉirkaŭbrako.

Ci, Zonjo, ne plu ŝatas mian brakon? Mian artistan brakon, kiu kreas tiel mirindajn pentraĵojn... kiu scipovos per la pentrotaj verkoj akiri la mondon... ĉu ci scias, la korojn de ĉiuj homoj kaj la adoron de multaj, multegaj fraŭlinoj... de belaj fraŭlinoj, ĉu ci komprenas? Ci kuraĝas facilanime rifuzi miajn ĉirkaŭbrakojn, ci kiu scias, ke mia koro apartenas al ci... nur al ci!

"Diru, Zonjo, pro kio via koro doloras?"

"Ĉar... via amo estingiĝas, Mateo, kaj vi ĵuris, ke ĝi restos eterna..."

Mia amo estingiĝas!... Kiajn sensencaĵojn pensas via kapeto! Ĉu ne sufiĉas al vi miaj varmegaj kisoj kaj miaj amaj paroloj? Mia amo estingiĝas!... Kiu estingus ĝin, kiu kapablus ĝin fari? Mia koro brulas, kaj vi estas tiel kvieta, delikata... mi devas trakti vin kviete... estas sensencaĵo, kion vi parolas!

"Forviŝu la larmojn, Zonjo! Ne pensu tiajn sensencaĵojn! Vi devas ĝoji kaj montri vian rideton!"

Sed ŝi daŭras plori mallaŭte... maldolĉe.

Kiamaniere mi finos "Lunajn Revojn", se ŝi ne volas montri plu la rideton? Mi koleras al vi, Zonjo, ke vi malebligas al mi fini la bildon, per viaj larmoj... per viaj malsaĝaj larmoj. Rigardu, la luno ekbrilas denove... kaj vi sidas ĉi tie kaj ploras.

Zonjo, la luno atendas!...

Sed subite la luno estingiĝas... nigra mallumo ĉirkaŭas nin. Nin?... Mi sentas, ke mi sidas... skuiĝas, ruliĝas... ha, songo! Mi dormis, kaj nun mi vekiĝas, sed miaj okuloj estas ankoraŭ fermitaj. Domaĝe, ke mi vekiĝis! Se mi povus ankoraŭfoje ekdormi? Eble la songo revenus... Sed mia stacio, mi devas atenti, ke mi ne preterpasos mian stacion. Ĉu mi estas sola en la kupeo? Mi malfermetas la okulojn...

Miaj rigardoj renkontas du aliajn okulojn, kiuj observas min atente... arde. Ĉu ili deziras ion? Kion? Kial ili parolas tiel pasie? Kian forton ili havas!... Belaj ili estas, tre belaj kaj tre fortaj.

"Halino!" ekparolas iu sinjora voĉo. "Kial vi observas lin? Li estas bela knabo, hm... Ŝajnas, ke li estas iu artisto. Li inteligente aspektas."

"Paĉjo," ŝi respondas mallaŭte, "ne parolu tiel laŭte! Pripensu, se li ne dormus!"

La sinjoro, kiu ŝajnas esti jam maljuna, ekridas serene.

"Kion? Ĉu mi diris ion malbonan?"

La malhelaj okuloj denove rigardas min. Kion ili volas? Kiajn dezirojn ili esprimas?...

"Ĉu vi telefonis, ke la veturilo estu ĉe la stacio?" ŝi demandas, turnante sian vizaĝon al la aliflanka fenestro.

"Jes, mi telefonis. Sed ŝajnas, ke pluvo minacas."

Mi aŭdas, ke li leviĝas kaj paŝas al la alia flanko por rigardi tra la fenestro.

Tra la palpebroj mi observas ŝin.

La ruĝaj radioj de la subiranta suno kolorigas ŝian vizaĝon, briligas la lipojn, pli kontrastigas la malhelajn okulojn kaj brovojn. La ombroj de la telegrafaj stangoj preterdancas regule ŝian vizaĝon. Ni veturas tre rapide...

Kaj ŝi sidas senmove... enpense...

Kion vi pensas, Halino?... Viaj okuloj kaj trajtoj perfidas vin, ke vi ne rigardas la naturon, la sunon... vi ja ne vidas ilin. Malproksime, malklare aperas antaŭ viaj okuloj aliaj bildoj pli belaj, pli brilaj — bildoj, kiujn pentri ne povas la peniko de iu artisto! Ilin kapablas pentri nur la koro amema kaj la animo, kiu sopiras! Nun vi pentras ilin... Ĉu mi povas diveni ilin? Kiel ili aspektas? Eble... eble ili koncernas eĉ min? Min... Sensencaĵo!... Mi ne volas! Mi... mi ne povas, ĉu vi komprenas? Viaj okuloj malklariĝas, viaj lipoj ektremetas... mi scias, ke estas doloreto, kiu kaŭzas tion! Doloreto, ĉar vi pentris bildojn, kiuj neniam efektiviĝos... neniam! Kial vi pentras ilin, se vi scias, ke ili kaŭzas doloron? Kial?...

Sed mia stacio! Mi devas nun vekiĝi. Simple malfermi la okulojn! Kioman horon ni havas? Hm, vekiĝi. Kion? Mi timas malfermi miajn okulojn? Pro kio mi timas? Ridindaĵo! Aŭ – ĉu estas io alia ol timo? Kion mi songis ĵus? Pri Zonjo...

pri bildo, kiun mi volis pentri... kion mi sonĝis nur? Kiel, domaĝe, ke oni tiel rapide forgesas la sonĝon. Oni scias nur, ke oni sonĝis ion tre belan, sed la memoro ne retenas plej ofte la sonĝon... domaĝe!

Mi malfermas la okulojn. La maljuna sinjoro sidas nun kaj legas gazeton. Li estas elegante vestita, kaj mi konjektas, ke li estas posedanto de pli granda bieno kun sia filino. Ŝi ankoraŭ ĉiam rigardadas tra la fenestro.

Mi rigardas mian horloĝon. Ĉu efektive la vagonaro tiom malfruiĝis? jam antaŭ duona horo mi devis eliri.

"Pardonu, estimata sinjoro," mi turnas min al la bienposedanto, "ĉu vi eble povas informi min, ĉu ni preterpasis jam Kastelujon?"

Li ridetas kaj rigardas min humore: "Kastelujon ni trapasis jam antaŭ duona horo. Post kelkaj minutoj ni alvenos en Valo, kie ni eliras." Momenton mi rigardas lin senkomprene. "Jes, Kastelujon ni jam trapasis antaŭ duona horo", li ripetas. "Halino, ĉu mi estas prava?"

Ŝi nenion diras. Kion mi faros? Mi preterdormis mian stacion. Valo estas malgranda vilaĝo.

"Mi volis eliri la vagonaron en Kastelujo. Ĉu vi ne scias, ĉu ankoraŭ hodiaŭ reveturas vagonaro al Kastelujo?"

Ree la maljuna sinjoro ridetas amuze: "Mi scias certe, ke nur morgaŭ matene veturas la plej baldaŭa vagonaro."

"Do mi devus atendi en Valo ĝis morgaŭ matene, aŭ mi devus veturi ĝis Montala kaj tie ekloĝi en hotelo."

"Jes, en Valo vi ne povus resti. Kiu povis supozi, ke vi volis eliri en Kastelujo. Mi volis veki vin, sed mia filino malhelpis min. Do mi lasis vin dormi. Estas kulpo de Halino, ke vi havas nun tiajn malagrablaĵojn."

Mi rigardas ŝin. Ŝia voĉo tremas iomete, kiam ŝi diras:

"Kion mi faris, mi faris en bona intenco. Mi ne antaŭvidis, ke tiu ĉi mia bona intenco kaŭzos al vi tiajn malhelpaĵojn."

Bona intenco... Kia intenco? Sensencaĵon vi parolas. Diru nur, ke vi celis ion alian. Reteni vi volis min... ne permesi, ke mi ankoraŭ hodiaŭ estu ĉe Zonjo. Kial?

Eble vi faris ĝin por forpeli la enuon, por fari la vojaĝon interesa per mia persono! Viaj okuloj parolas pli klare... pli vere. Sed kion mi faros? Ĉu mi veturos ĝis Montala?

La maljunan sinjoron interesas mia situacio.

"Ni estas kulpaj, ke vi preterdormis vian stacion. Kaj plej bona solvo de via malfacila vojaĝproblemo estos, ke vi veturos kun ni kaj en nia domo pasigos la nokton."

Mi estas surprizita pro la subita propono.

Sed ŝi krias:

"Paĉjo, via ekideo estas unika. Certe ni kunprenos lin al Nivi!"

Mi kontraŭstaras.

"Neniaj kontraŭparoloj," diras la maljuna sinjoro, "pripensu, ĉu ne estas por vi pli oportune resti ĉe ni ol serĉi dumnokte hotelon en fremda urbo? Krom tio minacas pluvo. Do permesu, ke mi dubas pri la agrableco de tia dumnokta hotelserĉado."

"Sed oni atendas min en Kastelujo."

Ŝi demandas kun rideto:

"Oni?..."

Mi scias, kion vi volas sciiĝi per tiu ĉi demando. Vi postulas tro multe, Halino. Mi ignoras ĉi tiun demandon, per kiu vi volas perforte penetri en miajn sekretojn. Viaj okuloj havas forton, kaj via rideto estas alloga, tre alloga. Mi devos gardi min kontraŭ ĉi tiu rideto, kiu povus fariĝi danĝera! Eĉ por mi...

Fine mi akceptas la inviton de sinjoro Borki. Rapide ni interkonatiĝis. Sinjoro Borki, kiu posedas grandan bienon en Nivi, estas tre simpatia homo. Li veturis pro negocaj aferoj al Kastelujo kaj kunprenis ankaŭ sian filinon. Kiom mi povas konjekti, lia edzino mortis jam antaŭ kelkaj jaroj. Nun li hejmen revenas.

La interdiskutado fariĝas vigla kaj agrabla.

"Valo!..."

Ni alvenis kaj eliras el la kupeo.

Antaŭ la malgranda stacidomo jam staras duĉevala veturilo. La veturigisto saltas malsupren por helpi alporti la pakaĵojn kaj kofrojn.

Sinjoro Borki staras ĉe la stacidomo kaj vigle interbabilas kun la staciestro, kiu ŝajnas esti bona konato. Dume ni rigardas la vagonaron, kiu ĵus ekveturas.

"Ĉu vi ne pentas, ke vi restas ĉi tie?" ŝi demandas min kaj enpense postrigardas la vagonaron.

Mi ridetas:

"Ĝis nun mi ne pentis..."

"Sed?..."

Kiel viaj okuloj rigardas! La lasta sunradio speguliĝas en ili... milobliĝas en sia forteco... mi ekdeziras pentri ŝin. Ŝi estus bona modelo...

Malvarmeta vento leviĝas. Densaj nuboj tiriĝas ĉe la horizonto.

"Halo! Ni rapidu, por ke la pluvo ne atingu nin survoje."

Sinjoro Borki vokis tion.

Ni sidiĝas en la veturilo. La staciestro salutas afable.

Kaj la ĉevaloj ekkuras rapide...

"Ĝis revido!..."

Sed pli minace kuntiriĝas la nuboj, pli kaj pli ili nigriĝas.

La vento leviĝas pli forte kaj alpelas la nubojn gigante...

La vento...

ĈAPITRO III

HALINO BORKI:

La vento blovas, blovas. Ĝi batas kontraŭ la fenestrojn, ke ili tremas. Kaj la arboj en la parko kliniĝas kaj ĝemas. Ili ploregas pro la senkompata vipanto, ili ploregas terure.

La vento muĝas. Ĝi volas estingi nian aman fajron.

Kiel ridinde!

La fajro brulas tro arde, ĝi flamiĝas pli hele, pli varme. Kaj li ja paŝas ĉe mia flanko, li ne permesus, ke estingiĝus mia fajro, kiu estas tiel varmega.

La nokto estas nigra kaj malvarma.

Sed ni estas varmaj, ni varmigas unu la alian.

Ha, kiom la vento koleras! Ni ridas pri ĝi.

"Mateo, ĝi estas granda malfortulo! Kio estas pli forta sur la tero ol la amo?"

Li premas min pli forte.

"Mateo, mi sufokus vin, se miaj brakoj estus pli fortaj."

Li ridetas kaj ĉirkaŭprenas min per siaj fortaj brakoj. Kiom lia koro batas!...

Ni venas al la ponto.

Hu, kiel la vento ĉasas la nigrajn ondojn! Kiel ĝi siblas kolere! ĝi koleras pri ni kaj ni staras kaj ridas... ridas pri la stultulo kaj liaj vanaj penadoj.

Sed ĝi estas ruza. Ĝi ne laciĝas. Kaj ĝi sukcesas forŝiri la ĉapelon de Mateo.

Jen dancas sur la nigraj ondoj la ĉapelo! Kaj la vento siblas triumfe...

"Lasu la ĉapelon, Mateo! Kion signifas la ĉapelo por ni, kiuj ardas pro amo?"

Nin nenio povas kolerigi. Nia amo estas por ni pli grava ol la ĉapelo de Mateo. Ni havas nenion komunan kun bagateloj, kiam ni amas. Ni ne volas malplifortigi nian feliĉan amsenton per bagatelaj tedaĵoj. Ni volas satĝui la feliĉegon, kiu estas tiel mallonga. Ni volas forgesi teraĵojn! Ĝui ni volas... ĝui!

"Ni iru hejmen, Halino!"

Li staras kaj rigardas en la nigraĵon. La vento turniĝas en lia longa hararo malice... triumfe.

"Ni iru hejmen... estas jam malfrue."

Hejmen! Ni iru hejmen! Li volas iri hejmen. Ne, Mateo, ni ĝuu nian amon! Por ni ne ekzistas tempo! Lasu mian koron ĝui la feliĉigan proksimecon de via persono, la fortecon de viaj brakoj, la soifecon de viaj lipoj, la varmegon de via korpo... lasu min ĝui! Ne iru hejmen! Ne iru!

Li ridetas, levas min, lia varma vango tuŝas la mian, karesas ĝin...

Sed estas ne lia vango, sed la varma radio de l' suno, kiu klopodas enĉambriĝi tra la kurtenoj.

Mi dormis...

La kontraŭe de mia lito pendanta horloĝo anoncas al mi la naŭan horon. Ĉu leviĝi? Sed ne, ankoraŭ mi volas iomete revadi... nur kelkajn momentojn.

Jes, mi amis lin tuj, kiam li ankoraŭ dormetis en la kupeo hieraŭ. Kiel mirinda estas la sorto! Ĉu mi supozis hieraŭ ekvidante lin, ke li hodiaŭ nokte dormos sub la sama tegmento? Ĉu li dormis? Ĉu li pensis pri mi kaj same kiel mi maltrankvile turnadis sin en la lito? Mi ne povis dormiĝi. Mi ne scias, ĉu iam en mia vivo mi estas enamiĝinta tiel forte! Se Ernesto tion scius!... Sed ĉu estas mia kulpo, ke la sorto aperigis ĉi tiun viron al mi? Mia menso submetiĝas al la koro. Ĉu estas mia kulpo?...

Hieraŭ, kiam mi malfrue iris dormi, mi sidis ankoraŭ longan tempon sur seĝo kaj elrigardis en la parkon, kiu estis malluma. La pluvo jam ĉesis.

Kaj mi vidis sur la ĝardenvojo lumon. Ĝi elfluis el la ĉambro, kie li dormis. Lia ĉambro estas same kiel la mia teretaĝa.

Longan tempon mi rigardis ĉi tiun lumon. De tempo al tempo mi vidis lian silueton, kiu jen proksimiĝis, jen malaperis. Li migradis en la ĉambro tien kaj reen. Kion li faris? Ĉu turmentis lin pensoj? Kial li estis tiel maltrankvila? Ĉu estis mi la kaŭzo de lia maltrankvilo? Ho, se mi povus tion diveni!... Se mi povus scii, ĉu li pensadis pri mi. Se mi tion povus scii...

Ĉe la vespermanĝo li ofte rigardis min. Sed mi ne sciis diveni ĉi tiujn mirajn rigardojn, kiuj ion demandis...

Mi ne sciis diveni la parolojn de liaj okuloj. Ĉiam mi klare legis en la okuloj de la viroj, kiujn mi renkontis dumvive, ĉu interesas ilin mia persono, ĉu ili deziras... sed ĉi tiu viro... Kiel klare mi montris al li mian amon! Ankoraŭ neniam en la vivo mi tiom klopodis kiom hieraŭ vespere. Kaj li... Eĉ ne rideto, eĉ ne iu malgraveta rigardo, parolo naskis esperon en mia koro. Ĉu mi estis al li indiferenta? Indiferenta... kia terura vorto! Se tio estus vera, unuafoje dum mia vivo mi spertus, ke mia ĝisnuna potenco, kiun mi havis kontraŭ la viroj, disrompiĝas... Mi perdas mian memfidon, mi senfortiĝas. La viro, kiun mia koro volas akiri, restas indiferenta!

Sed ekzistas viroj, kiuj scipovas majstre kaŝi siajn sentojn en la profundo de sia koro. Iliaj trajtoj, rigardoj restas trankvilaj... interne bolas la sango, batas la koro...

En sia ĉambro li estis maltrankvila. Li opiniis, ke neniu observis lin hodiaŭ nokte.

Longan tempon mi sidis. Iufoje proksimiĝis lia silueto, staris pli longan tempon senmove kaj rigardis tra la fenestro. Li fumis cigaredon. La movoj de la cigaredon tenanta mano estis rapidaj... nervekscititaj. Li pensadis ion... li cerbumadis pri io, kio ekregis lian tutan personon. Batalo de pensoj en lia cerbo okazis.

Mi ne scias, kiom da tempo pasis... ĉu estis la unua, ĉu tria horo matene.

Malantaŭ la arboj montriĝis jam grizaj strioj de proksimiĝanta mateno.

Kaj lia lumo ankoraŭ brilis, brilis. Lia silueto ne plu montriĝis... eble depost horoj ne, kaj mi ankoraŭ sidis kaj atendis... Certe li jam delonge dormis. Li forgesis estingi la lumon. Kaj mi vane atendis.

Mia kapo doloris pro la senĉesa rigardado al la lumo kaj la nervostreĉa pensado. Mia korpo estis rigida pro la longtempa senmova sidado... mi estis lacega, kiam mi enlitiĝis.

Naŭa kaj duono...

La birdoj ĉirpas antaŭ mia fenestro, kaj mi fariĝas pli gaja. Mi devos venki! La tempo estos mia helpanto. Ĉu li jam leviĝis? Eble li promenas jam en la parko...

Mi glitas el la lito kaj tra kurtena fendo mi ŝtelrigardas.

La suno brilegas varme... blindige. Kaj la lago estas tiel blua kaj trankvila. Atendu nur... se ni veturos sur la lago en ŝipeto kune... solece! Neniu estas videbla. Eble li promenis pli profunden en la parkon? Ho, atendu... ankaŭ tie estas belaj verdaj kaŝejoj kaj benkoj... kaj ĉiu angulo invitas al amaj karesoj...

Iu frapas mian pordon.

Estas la servistino Marinko, kiu venas demandi pri miaj deziroj.

"Marinko, aŭskultu! Ĉu vi eble scias, ĉu lia gasta moŝto jam leviĝis?"

Ŝiaj vilaĝanaj okuloj rigardas min kun miro, kiam ŝi respondas:

"Sajnas, ke lia gasta moŝto jam forveturis hodiaŭ frumatene."

"Kion vi diris, li jam leviĝis?" mi demandas senatente.

"Ne, ŝajnas, ke li jam forveturis."

"Li forveturis? Por ĉiam?" mia voĉo tremas, kaj mi rigardas ŝin timeme.

"Jes, via fraŭlina moŝto, tiel diris la ĝardenisto."

Mi ekridas, mi ne kredas, mi forskuas tiajn pensojn... tiajn neeblajn pensojn.

"Marinko, vi estas malsaĝa knabino! Ke vi tion sciu! Iru kaj informu vin tute precize. Estas sensencaĵo, kion vi babilaĉas."

Marinko staras kaj rigardas. Mi ne povas toleri tiujn malsaĝajn rigardojn, kiuj komencas kompreni duone. Kiom ili scivolas... serĉadas! Mi koleriĝas. Mi krias:

"Iru, kuru! Kial vi staras kiel malsaĝa ansero?!"

Ŝi foriras.

Fermiĝas la pordo. Mi fikse rigardas ĝin. La pensoj konfuziĝas en mia kapo... dancas antaŭ miaj okuloj... muĝas en miaj oreloj. Momenton mi ŝajnas sveni... la konscio perdiĝas... mi pensas nenion. Sed jen mi forskuas ĉion... ĉion! Mi liberigas min de tiuj sensencaj ĵus-aŭditaĵoj, kiuj minacas tiri min en profundaĵon de senpenseco... ba, simpla afero: Marinko eraris, tiu malsaĝa vilaĝa infano malkomprenis... aŭdis malveraĵojn, kiujn ŝi simple laŭrakontas al mi. Estas ja kompreneble!

Mi vestas min. Mi rigardas min en la spegulo. Kiel pala mi estas! Estas kulpo de la malsaĝa knabino Marinko, kiu per siaj babilaĉaĵoj tiom timigis min. Ha, mi estas freneza... timpaliĝi pro ĉi tiu homo. Ĉu mi bezonas tion?

Sed kie restas Marinko? Jam antaŭ longe ŝi povis veni kaj raporti al mi. Sed ŝi ne venas, kaj mia malpacienco kreskas. Eble ŝi renkontis la junan filon de la ĝardenisto kaj babilas kun li. Kaj ŝi forgesis, ke mi atendas ŝin malpacience. Jes, amo forgesigas la homon. Kial ĉi tiu vilaĝa infano ne amu? Kiel dependas la homo de la amo! Oni dependas ne sole de la propra amo, sed ankaŭ de tiu de aliaj homoj. Se oni simple povus elradikigi la amon... simple forgesi...

Marinko frapas ĉe la pordo. Kiel malkuraĝete ŝi frapas... kion tio signifas?

"Nu kaj?..."

Ŝi transdonas al mi leteron kaj diras:

"Lia gasta moŝto hodiaŭ frue jam forveturis. Li restigis ĉi tiun leteron por via fraŭlina moŝto."

Malrapide mi prenas la malgrandan blankan koverton.

"Ĉu via fraŭlina moŝto deziras trinki la kafon en via ĉambro?"

Kafo?... Ĉambro?...

"For!" mi krias, "for!... Ne kolerigu min per bagateloj... mi ne havas tempon por tiaj aferoj... mi nenion volas scii pri kafo!... Iru, iru for!..."

Mia kolera eksplodo timigas ŝin. Mia stranga konduto mirigas ŝin. Ŝi forlasas la ĉambron.

Ŝire mi malfermas la koverton:

Estimata fraŭlino!

Mi petegas pardonon, ke jam hodiaŭ frumatene mi forlasas vian gastaman domon. Mi esperas, ke vi konservos min en bona memoro. Akceptu kaj transdonu ankaŭ al via ŝatata patro plej koran dankon pro la afabla gastigo de via

sindona Mateo Ardo.

Kelkaj vortoj... kelkaj sekaj vortoj! Li forkuris. Neniam plu li revenos. Pro kio li tiom rapidis al Kastelujo? Mi faris nenian impreson... mi!...

La birdoj ĉirpas antaŭ la fenestro... ili mokas pri mi, pri mia malforteco! Ili kolerigas min.

La suno dancas sur la blanka papero, kiun mi fikse rigardas.

"Mi esperas, ke vi konservos min en bona memoro."

La sunaj radioj dancas, dancas... kaj la birdoj ĉirpas, mokas!...

Mi ekscitiĝas... tiuj radioj kaj birdoj furiozigas min. Mi ne povas suferi ilin. Mi volas plori... krii, mi ne povas... mi estas tro malforta. La kolero sufokas min...

Forgesi mi volas lin, forgesi! Li forkuris, li ne sentis iujn dezirojn je mi... mi malamas lin pro tio, mi ŝiras lin el mia koro... el mia memoro. Nenion plu mi volas pensi pri li... nenion plu aŭdi pri li. Ha, mi ja ne amis lin! Mi nur malamas lin... for! for!...

Mi vestas min rapide kaj iras malsupren en la ĉambron.

La patro, reveninte de la kampoj, trarigardas la poŝtaĵojn.

"Nu, ĉu vi satdormis, Halino?"

Li ridetas kaj donas kison al mi.

"Nia hieraŭa amiko jam forveturis," li daŭrigas, "eĉ via ĉarmeco ne sukcesis reteni lin. Nu, sed li revenos, ne timu, mia infano! Sed vere li tre rapidis al Kastelujo. Eble iu atendis lin tie. Bela knabo li ja estis."

Ĉe liaj lastaj vortoj, kiujn li parolas en stranga moka tono, mi sentas, ke mi ruĝiĝas... ruĝiĝas pro kolero. Sed li ne rimarkas tion, li jam enprofundiĝis, legante iun artikolon en la gazeto.

Mi sidiĝas por trinki kafon.

"Aŭskultu nur, Halino! Ĉi tie estas interesa artikolo..."

Mi ne aŭdas, kion li legas. Ĉu interesas min nun artikoloj pri terkulturaj temoj, ekonomiaj problemoj, pri politikaj okazintaĵoj?... Mi volas nenion pensi nun... nenion!...

"Halino, kio estas? Ĉu vi ne trinkas vian kafon?"

La patro sidas kontraŭe de mi kaj rigardas min. Jam antaŭ longe li finlegis la artikolon, kaj mi ne rimarkis tion. Liaj rigardoj estas por mi pezaĵo, kiun mi apenaŭ povas porti.

"Ĉu vi dormis malbone? Vi estas tiel pala. Ĉu vi estas malsana?"

Malsana!... Jes, mi estas malsana. Kaj mia malsano estas ama frenezo, kiu min posedas kaj regas... kiu turmentas min. Sed mi forpelos ĉi tiun malsanon, mi liberigos min!

Eble iu atendis lin en Kastelujo... Iu? Mi ektremas, tion pensante. Sed mi estas naiva... malsaĝa. Pli malsaĝa ol Marinko. Mi mem kaŭzas al mi tiel strangajn pensojn... tiajn iluziojn. Ĉu mi povas malpermesi al li, ke iu atendas lin en Kastelujo? Kiu rajtigis min pri tio? Ĉu la homo ne havas sian liberan volon? Ankaŭ mi posedas ĝin... aŭ perdis ĝin hieraŭ?... Mi sentas, ke depost hieraŭ mia volo rompiĝis. Ke mi fariĝis sklavino de miaj sentoj kaj pensoj. Ke mi perdis la konfidon pri mia forteco. Ĝis nun ili ĉiuj estis miaj sklavoj. Sed depost hieraŭ...

Se efektive iu atendis lin en Kastelujo... iu, pro kiu li tiom rapidis? Ĉu eble iu fianĉino estis la kaŭzo de lia rapido?...

ĈAPITRO IV

MATEO ARDO:

Ho, Zonjo, mia fianĉino! Kun malpacienco vi atendas mian alvenon. Sed trankviliĝu, via Mateo estas survoje...

Hodiaŭ frumatene mi leviĝis. Kiam mi venis en la korton, mi renkontis sinjoron Borki, kiu ĵus volis iri kun la inspektoro al la kamparo.

"Halo!" kriis sinjoro Borki mirigite, ekvidante min. "Vi jam volas forveturi? Vi ŝercas, mia kara!"

"Mi tre petas pardonon, ke mi jam tiel frue forlasas vin," mi diris, "sed mi skribis al Kastelujo, ke mi alvenas jam hieraŭ, kaj oni atendas min. Vere, mi bedaŭras, ke mi ne povas pli longe profiti de via gastemeco, kiu estas eksterordinara. Mi dankegas vin plej kore, ke vi ebligis al mi pasigi tiel agrablajn horojn en via societo kaj en tiu de via estimata filino."

Li faris rifuzan geston per la mano:

"Ne danku, sinjoro! Sed diru al mi, ĉu vi ne povas foje reveni? Vi povus pentri ĉe ni multajn bildojn de Nivi. Mi volus mendi diversajn."

La simpatia kaj kora invito de sinjoro Borki ĝojigis min. Mi pripensis. Vere, ĉi tie mi estis trovinta bonegajn motivojn... semajnon mi certe povos pasigi en Nivi.

"Bone, mi akceptas vian proponon. Eble post dek tagoj mi venos al Nivi. Pri la pli preciza tempo ni povos ankoraŭ poŝte interkonsenti."

Evidente la maljuna sinjoro tre ĝojis pri mia konsento kaj kore premis mian manon:

"Do, ĝis revido en Nivi! Fartu bone!"

Mi iris en la domon, dum la veturigisto jungis la ĉevalojn. Ne sciante, ĉu mi renkontos sinjoron Borki, mi estis skribinta mallongan dankleteron, kiun mi estis doninta al unu el la servistinoj kun la komisio transdoni ĝin al la fraŭlina moŝto. Ĉu repreni ĝin? Sed estis ja bagatelo. Neniel domaĝis, se la letero estis transdonata...

Mi iris por kelkaj momentoj en la ĝardenon.

Hieraŭ la pluvo ne estis permesinta rigardi la parkon. Nun rigardante la trankvilan lagon kaj la en ĝi speguliĝantajn arbojn kaj arbetaĵojn, mi estis ravita pri la beleco de ĉi tiu bildo. Vere, mi iomete bedaŭris, ke mi jam forveturis el Nivi.

Kion diros Halino, kiam ŝi ekaŭdos pri mia forveturo? Senvole mi ridetis tion pensante. Certe ŝi koleros al mi. Ha! tie ŝi ja dormis, jen malantaŭ tiu fenestro, malantaŭ kiu pendis densaj kurtenoj. Kion, se mi nun frapus kontraŭ ŝia fenestra vitro kaj dirus: "Aŭskultu, mia Halino, mi nun forveturas, sed mi revenos al Nivi por unu semajno." Sed ĉu ne estas danĝere estadi en ŝia proksimeco? Pro Zonjo?... Kaj denove tiu penso ridetigis min...

Sed en tiu momento haltis la veturilo antaŭ la domo.

Adiaŭ Nivi... adiaŭ!...

Kaj nun mi sidas sola en la kupeo kaj rigardas la preterflugantan naturon.

Bildoj de la memoro aperas antaŭ mia animo. Kiel rapide la tempo forflugas. Ĝi kuras ankoraŭ pli rapide ol ĉi tiu vagonaro, en kiu mi sidas... Sed la memoro restis en mia animo klara kaj preciza. Klara kiel la blua akvo de la parka lago en Nivi ĝi estas kvazaŭ spegulo, kiu estas nur malgranda, sed tiu spegulo enhavas bildaron klaran kaj multkoloran...

Sur la ĉielo griza nebulo flugpendas.

Kaj la mondo etendiĝas antaŭ mi vaste... senfine. Nenia arbo, nenia arbetaĵo interrompas ĉi tiun grizan ebenaĵon, kiu droniĝas ie malproksime en la nebulo.

Miaj okuloj vane vagas... ili serĉas iun punkton, je kiu ili povus fiksiĝi kaj trovi ripozon... ili rigardas en malplenecon...

...Ho, kiel ofte rigardis en ĉi tiun grizan vastegon la samaj okuloj!

Kiam la vintra vespero alproksimiĝis, malgranda knabo formetis siajn lernejajn librojn. Tiam li sidiĝis ĉe la fenestro kaj rigardis al la ĉielo, sur kiu grizaj nuboj migradis...

Tiam alpaŝis mallaŭte alta nobla virino. Ŝi estis la patrino de tiu ĉi knabo. Kiam ŝi klinis sin kaj kisis la knabon, ŝiaj trajtoj, pro interna doloro malĝojaj, ŝanĝiĝis por momento je kvieta rideto.

"Panjo," diris la knabo riproĉe, "vi promesis al mi pri paĉjo rakonti, sed vi ĝin neniam faras."

"Mateo," ŝi respondis kun mallaŭta voĉo tremanta, "vi scias, ke via paĉjo mortis, kiam vi kuŝis ankoraŭ en la lulilo."

"Sed kion faras nun paĉjo?" demandis la malgranda knabo scivole.

"Li mortis, sed lia animo vivas plu en la ĉielo proksime de Dio."

"En la ĉielo", li diris mallaŭte.

Lia infana animo ne komprenis la misteron de l' morto, ne povis imagi al si la vivon postmortan.

"En la ĉielo", li ripetis enpense kaj rigardis al la ĉielo, kie ekflugis sennombraj neĝeroj...

Ambaŭ ili sidis longan tempon silente, dum la krepusko fariĝis pli kaj pli densa.

Kaj la patrino komencis rakonti fabelojn...

Kaj la krepusko de l' vintra vespero ambaŭ envolvis per sia sorĉa vualo...

...Kiam la somero alproksimiĝis, kaj la verdiĝanta naturo logis la homojn al promenoj en freŝa sunbrilata aero, liaj kolegoj ludis ludojn pilkajn kaj kurajn.

Sed li ne partoprenis iliajn ludojn. Sur solecaj stratoj de l' vivo li vagis... por li ne brilis la suno. La griza krepusko restis en lia animo...

Pro tio li rikoltis malŝaton inter siaj lernejaj kunuloj, kiuj nomis lin "strangulo" kaj "hejmsidanto".

Nur la instruistoj ŝatis lin kiel diligentan kaj talentan lernanton. Precipe la instruisto de la pentra kaj desegna arto ŝategis lin tiom, ke li eĉ instruis lin senpage du-foje en la semajno. Jam tiam montriĝis lia eksterordinara talento desegna kaj pentra.

Kaj venis la tago, kiam la instruisto ekkonis, ke lia instrua kapableco ne plu sufiĉis por tiu ĉi juna artisto...

Sed la krepusko restis en la knaba animo. Ĝi kreis nebulon, en kiu miksiĝis malĝoja soleco kaj ardanta sopiro.

Kaj plu li vagis sur krepuskaj stratoj kaj valoj... al iu celo ne difinita!...

Sed jen! La griza krepuska nebulo ŝiriĝas. Vidiĝas la verda naturo kun arboj kaj kampoj...

Malantaŭ monteto suno leviĝas...

La suno leviĝas en oraj koloroj... ĝiaj radioj varmige en mian koron fandiĝas...

...Kaj la krepusko foriĝis. En la vivo de l' knabo ekbrilis la suno. Iun dimanĉan posttagmezon diris lia patrino:

"Mateo, prenu vian ĉapelon! Al sinjorino Biringo, mia plej bona amikino, kiu antaŭhieraŭ estis ĉe ni, mi promesis fari viziton. Ŝi aĉetis en nia urbo belan domon kaj antaŭ du semajnoj transloĝiĝis ĉi tien kun sia filino."

Kaj ili migris en la dimanĉa posttagmezo, plenaj de ĝoja atendo. La knabo vigle babilis dum la longa vojo, kaj la patrino aŭskultis ridete la revadon de knaba animo. Ŝi tiel bone komprenis la voĉon de tiu animo, ŝi ja tiel profunde laŭsentis ĉiujn malgrandajn zorgojn kaj pensojn de sia infano – ŝi estis vera patrino!

Kaj ili venis al ĉarma blankmura dometo. Al la knabo ĝi ŝajnis kvazaŭ fabela kastelo. Ĉirkaŭis ĝin malgranda belega ĝardeno. Maljuna granda tilio staris apude, agrablan ombron donante. En la branĉoj de la tilio kantis la birdoj... Ŝajnis, ke paradizon ili enpaŝas...

Granda estis la ĝojo de la intervidiĝo de du malnovaj amikinoj. Kiom ili rakontis al si reciproke pri ĝojaj kaj malĝojaj momentoj, kiujn ili travivis dum multaj longaj jaroj! Ankaŭ sinjorino Biringo perdis sian edzon antaŭ kelkaj jaroj. La sola suna radio en ŝia malĝoja vivo vidvina estis malgranda Zonjo, ŝia filino.

Sed jen ŝi alkuris el la ĝardeno! Kiel gaje ŝi saltis en la sunaj radioj – mem malgranda reĝino inter ili – en blanka vestaĵo, kun ora hararo! Kaj la radioj petole ŝin ĉasis, ludis kun ŝi, sekvis ŝin eĉ en la densan ombron de la granda tilio... ili estis ŝiaj solaj ludaj kunuloj. Ho!... ili sciis, ke baldaŭ ili havos novan kunulon!...

Kaj baldaŭ en la malgranda paradizo miksiĝis kun la kantoj de birdoj ĝojkrioj de du ludantaj junaj hometoj, kiuj fariĝis bonaj amikoj...

Kaj la maljunaj virinoj, sidante en la agrabla ombro de la tilio, rakontis al si multaĵojn pasintajn, kaj ĉiam, kiam iliaj rigardoj trafis la ludantajn infanojn, superkuris iliajn seriozajn mienojn trankvila rideto...

En la suna ĝardeno ludis ilia ambaŭa feliĉo!...

...Semajnoj pasis. Ĉiun dimanĉon ripetiĝis tiu ĉi rava bildo, en kiu estis pentrita per mirindaj koloroj infana senkulpa feliĉo... kaj ĝi fariĝis pli kaj pli brila...

La juna knabo ofte pensadis pri la nova kunulo, kiun li trovis en malgranda Zonjo. Kaj sopirege li atendis la dimanĉan posttagmezon, kiam li ŝin vizitos denove...

Kaj foje, kiam lia sopiro estis grandega, li ŝtele forlasis la domon kaj migris al la blankmura dometo...

Longan tempon li staris kaj rigardis tra la barilo, ĉu li ne vidos Zonjon en la ĝardeno... Nur vidi li volis, ĵeti nur unu rigardon...

Kaj jen ŝi sidis kun la patrino en la ombro de la tilio. Ŝi skribis diligente, farante siajn taskojn por la lernejo. Ŝia hela vestaĵo brilis en la verdaĵo...

Kaj li hejmen reiris...

Ĉu ni, pliaĝuloj, povas kompreni la misteron de infanaj animoj? Ĉu ni komprenas la lingvon, kiun ili parolas? La sennombrajn revojn kaj malgrandajn sekretojn, kiujn interŝanĝas koroj infanaj? Ho, iam ni mem estis infanoj, mem babilis tiun ĉi lingvon, kiu hodiaŭ estas al ni fremda kaj nekomprenebla...

En la koroj de du infanoj loĝis la amo. Ili ne estis konsciaj pri ĝia ekzisto, kaj tamen ili ĝin sentis ie profunde en siaj animoj...

Por ni infana amo estas mistero. Ĝi estas io tute alia ol tiu amo, kiun pliaĝuloj praktikas. Ĝi brilas kiel klarega diamanto, ĉar ĝi estas ĉasta kaj pura...

...Jaroj pasis. La junulo baldaŭ estis finonta siajn gimnaziajn studojn. Li restis la "strangulo" kaj "hejmsidanto" en la mokaj buŝoj de l' kamaradoj, kaj en la koroj de siaj instruistoj ŝatata lernanto. Lia talento evoluis konstante. Jam nun lia mano kreis verkojn, kiuj mirigis eĉ eminentajn pentristojn.

Ankaŭ nun li vizitis Zonjon, kiu jam estis belega blanka roza burĝono. Kiam ŝi iris hejmen el la lernejo, la junulo staris ĉe la angulo de strato kaj atendis ŝin, por akompani ŝin hejmen kaj babili kun ŝi pri agrablaj novaĵoj. Ambaŭ ili sentis, ke proksimiĝis al ili la amo, tamen neniam ili kuraĝis paroli pri tio, kio ŝajnis al ili sankta kaj nepermesita... zorge ili evitis tiun ĉi temon.

Ili sentis sin bonaj gefratoj...

Kaj la suno brilas, kaj ĝiaj radioj min varmigas.

Kaj mi leviĝas, por malfermi fenestron, enspiri plen-pulme la freŝan aeron, kiu alfluas de la verda kamparo, de la arbaro, de la rivereto plaŭdanta...

Spiri mi volis libere kaj gaje... ĉar la suno ridetas...

Sed kion? Ia nebulo ŝoviĝas antaŭ miajn okulojn... la suno paliĝas... kaj subite ekregas nigraĵo...

Mi enveturas tunelon.

...La suno ĉesis brili... Nigra funebro ĝin anstataŭis! Kaj la funebro pelis larmojn en la okulojn de l' knabo... maldolĉajn larmojn...

Ho! Mortis lia amata patrino...

Iutage li staris ĉe la tombo. Nur duone li komprenis la pastron, kiu korŝire predikis. Lin surdigis doloro. Malrapide glitis la ĉerko en la tombon malsupren... Apud lia patro ŝi kuŝos, apud la edzo, kiun ŝi dum tuta vivo funebris... Vere, li estus nun orfo, la pastro estis ja prava, li estis nun orfo senhejma...

Sed ne, novan hejmon li havis, bonkoran duan patrinon kaj eĉ karan fratinon...

Tiu ĉi penso estis ekbrilo, konsolo en lia doloro, ĝi estis ekbrilo, kiu penetris tra la nigraj nuboj de malĝoja funebro.

Kaj iom post iom la suno revenis...

La vagonaro, forlasante la tunelon, plirapidiĝas. Mi flu-gas antaŭen. La tempo kunkuras...

...Jaroj pasis. La talenta junulo studis ĉe la "Akademio de l' Artoj" en eksterlanda urbo. Nur dum la longaj someraj libertempoj li povis hejmen veturi kaj en la ĉarma dometo en Kastelujo kune kun sinjorino Biringo kaj ŝia filino agrable pasigi la tempon...

Grandega estis tiam la ĝojo de la revido, kaj tra la silenta dometo kaj floranta ĝardeno flugis gajaj ŝercaj paroloj, kiuj anoncis al la najbaraj loĝantoj, ke "la filo revenis".

Serenaj estis tiuj tagoj de feliĉa kuna estado, kaj ili estis riĉa rekompenco por la amsopirantaj koroj, kiuj unu longan jaron atendis...

Kaj kiel rapide kaj senkompate proksimiĝis la momento, kiam la filo denove forlasis la blankan Kastelujan dometon...

...Du jaroj pasis. La filo ne venis. Leteroj flugis tien kaj reen. "Kiam vi venos? Kiam ni povos festeni nian revidon?" Kaj la sopiro kreskis...

Du longaj jaroj! Kioma tempo por sopirantaj koroj... kiel kruela atenda turmento!...

Sed li ne povis veni. Kun siaj kolegoj li faris studajn vojaĝojn en belajn regionojn, ekzercis sian arton, kiu kreskis konstante...

Ofte li pensadis pri sia hejmo, pri la blankmura dometo, kie li nun sidus kaj sentus sin feliĉa... senfine feliĉa.

Sed li konsolis sin per la penso, ke ankaŭ tiuj ĉi jaroj pasos, kvankam malrapideme, longdaŭre...

Kaj ili pasis.

Nun mi sidas en la vagonaro. Ankoraŭ kvarona horo, kaj mi estos en Kastelujo, en mia hejmurbo. Certe ili atendis min jam malpacience. Mi volis veni hieraŭ... ili sciis pri tio, eble eĉ estis ĉe la stacidomo. Kaj mi preterdormis Kastelujon. Kiel tio povis okazi? Sed mi estis tro laca, jam tutan nokton mi estis ja veturinta...

Kaj la vagonaro portas min al Kastelujo. Miaj pensoj antaŭflugas ĝin, jam ili estas en Kastelujo, haltas antaŭ la malgranda dometo... kio dum du jaroj ŝanĝiĝis?...

En la hela lumo de la matena suno salutas min la preĝejaj turoj de Kastelujo...

Hejme!... Hejme!...

La du jaroj estas pasintaj!...

ĈAPITRO V

ZONJO BIRINGO:

Ĉu vi scias, kion signifas du jaroj? Du jaroj ja estas nur eta malforta spiraĵo, kiu aperas sur spegulo kaj tuj paliĝas, perdiĝas. Du jaroj ja estas nur kvazaŭ songĝero preterpasanta nebule, malklare... jes por vi, kiuj vivas trankvilan vivon de indiferentuloj senskue, kviete... ve, pro kio mi penadas klarigi tion al vi, kiuj ja tamen ne povos kompreni? Jes, por vi estas du jaroj tempero! Sed por mi la lastaj du jaroj estis longa, senkompata turmento! Kaj ŝajnis, ke ĝi ne volis finiĝi, ke ĝi volis daŭri eterne...

Aĥ, mi sentas, ke neniam mi sukcesos klarigi al vi miajn suferojn, kiujn kaŭzis al mi la sopiro. Ne, ne, neniu el vi iam dum sia vivo sentis tioman sopiron. Ho, se vi povus kompreni la batojn de mia koro krianta... vi ne plu ridetus interne kaj skuus la kapon mokeme pri miaj paroloj, strangaj por vi kaj nekompreneblaj...

Kaj mia koro ne ĉesis kriadi sopire, unu tutan jaron ĝi kriis. Iom post iom ĝia voĉo malfortiĝis, ĝi fariĝis apatia, malsana, senforta...

Tio okazis, kiam la vintro venis, kiam la tagoj griziĝis, kaj la suno kaŝiĝis, kiu naskas kaj freŝigas esperojn...

Ĉio ŝajnis griza, malĝoja. La tilio kaj la aliaj arboj en la ĝardeneto etendis sian nudan sekan branĉaron al la griza ĉielo, silente, malĝoje. Neniu birdo kantis, nenie montriĝis verdaĵo, neniu suna radio aperis... ĉie regis grizaĵo, silenta malĝoja grizaĵo...

Kaj mi?

Mi fariĝis tre malgaja en tiaj momentoj. Kaj ofte mi iris en mian ĉambron, rigle fermis ĝin kaj ploris pro interna doloro...

La sola esperigo estis la leterportisto. Kiel bone mi sciis, ke Mateo skribas nur unufoje en la semajno! Kaj tamen mi ĉiam demandis la maljunan poŝtiston, ĉu li ne havas leteron por mi. La maljuna viro ridetis ĉiam bonkore. Li ja komprenis mian malpaciencon, kaj li konsolis min kun esperiga rideto. Kiom da aliaj homoj ja demandadas lin kiel mi ĉiutage kun malpacienco!...

Kaj kiam venis letero, mia koro ĝojegis.

Mi ja posedas ankoraŭ ĉiujn leterojn, kiujn li skribis. Mi bone konservas ilin en mia skribtablo. Ili estas por mi valorega trezoro, feliĉiga fonto, el kiu mi ĉerpas konsolon kaj ĝojon... al kiu mi venas kvazaŭ laca, soifa migranto...

Sed la jaroj estas pasintaj! Hodiaŭ finiĝas la songo, la terura songo, en kiu mi estadis du jarojn, kiu turmentis min tage kaj nokte... hodiaŭ venos li, pro kiu mi tiom suferis, mia Mateo!...

La horoj pasas. Alproksimiĝas la kvara horo. Kaj la sopiregata momento pli rapide batigas mian koron...

Mi iras en la manĝoĉambron. Jen staras la tablo, ĉe kiu ni post unu horo trinkos kafon. La suno saltas super la blankajn tasojn, super la blankajn rozojn, kiujn mi metis sur la tablon, super la arĝentan kafokruĉon kaj la arĝentajn kulerojn, super la blankan tukon... post unu horo!

"Zonjo, ĉu vi estas preta?" vokas mia patrino.

Ha, jes, estas tempo iri al la stacidomo...

En la grandega stacidoma halo premiĝas la homoj. Senĉese miaj okuloj vagadas tien kaj reen, mi serĉas lin, kaj mi estas maltrankvila. Sed estas ja ankoraŭ tempo... li ja ankoraŭ ne povis alveni... ankoraŭ dek minutoj ĝis la alveno de la vagonaro... Aliaj homoj staras ĉirkaŭ ni kaj ankaŭ atendas. Iliaj koroj certe ne batas tiel forte kaj malpacience kiel la mia. Ili ja ankaŭ ne atendas depost du jaroj...

"Mi estas scivola, ĉu li hodiaŭ venos", diras panjo kaj rigardas la grandan stacidoman horloĝon.

Kiel oni nur povas dubi pri tio! Mi estas certa, ke li venos hodiaŭ. Li ja skribis tion klare en sia lasta letero. Kaj Mateo estas akurata.

Sed nun, nun...

Vagonaro ruliĝas brue en la stacidomon. Tio estas lia vagonaro sendube!

Pli atente, pli streĉe rigardas miaj okuloj, serĉante la bonan konaton. Jen tra la subirejo venas longa vico da homoj, ili venis per la sama vagonaro, inter ili li certe troviĝas... sed mi ne vidas lin...

La homoj premas sin antaŭ la biletkontrolistoj.

"Zonjo, demandu, ĉu tio estas la vagonaro, kiu venas el Tamare."

Maljuna virino, kiu preterpasas, informas nin; mi ja tuj sciis, ke estas lia vagonaro. Kaj mi denove serĉas.

Sed li ne venas. Jam ĉiuj homoj foriris, kaj nur de tempo al tempo iu persono postvenas...

"Li ne venis," diras mia patrino, "eble li venos per la sekvanta vagonaro je oka vespere."

Ni reiras hejmen.

Silente ni sidas ĉe la lablo kaj trinkas kafon... sen li. Kial li ne venis? Mi maltrankviliĝas...

La suno saltas super lian tason kaj teleron, super lian arĝentan kuleron. Li sidus nun kaj babilus, rakontus, kion li faris dum du jaroj, kion li travivis en ĉi tiu longa tempo, kiom ni ĉiuj ĝojus kaj ŝercus kune...

Panjo estas silentema, lacigita de la irado. Ankaŭ la aero hodiaŭ estas tiel sufoka, premanta...

Post la kafo ŝi diras:

"Mi nun iomete kuŝigos min por fari dormeton, ĉar mi sentas min laca. Mi opinias, ke li venos hodiaŭ vespere, eble li malfruiĝis je la vagonaro, aŭ io alia malhelpis lian alvenon."

Ŝi foriras, mi restas sola, ankoraŭ rigardas lian tason kaj teleron, sur kiu muŝo lude flugetas...

Kion fari? Kiel pasigi la tempon, kiu marŝas hodiaŭ maldiligente, malrapideme... se oni povus laŭplaĉe ŝanĝi la tempon, turni la horloĝajn montrilojn, malhelpi aŭ plirapidigi ilian marŝadon...

La muŝo gaje zumetas kaj saltas pro ĝojo, gustumas sukeron kaj kukojn, banas siajn flugilojn en la varmaj radioj de l' suno, revenas al lia taso, sidiĝas sur lia telero...

Tiu besteto ne sentas la zorgojn, suferojn, kiujn mi sentis dum longaj du jaroj, ĝi saltas kaj flugas konstante en ĝojo feliĉa de l' vivo... ne partoprenas mian malĝojon, sed estas libera je ĉiaj suferoj... en ĝia mallonga vivo nur regas sereno... mi envias ĉi tiun besteton...

Sed kion fari? Mi leviĝas kaj iras en la ĝardenon.

Kiel sufoka aero regas ĉi tie! Neniu venteto sentiĝas. Kiel varmege brilas la suno! Ĉio lacadas, dormemas... jen floroj klinetas siajn kapetojn soife kaj lace... jen birdoj kantetas malvigle... jen papilioj vagadas kaj balanciĝas dormeme... kaj monotone abeloj zumadas lulkantojn...

Mi sidiĝas sub la tilio.

Tiel mi sidadas longtempe, nenion farante... se jam venus vespero! Ĉu li restis fidela al mi? Kia penso!... Mateo restos eterne fidela! Eterne?... La jaroj ja estas longaj, kaj multo povas ŝanĝiĝi dumtempe. Kaj sur la tero ja estas aliaj fraŭlinoj pli belaj, pli bonaj ol mi! Kaj bela knabo estas Mateo... Kiam mi iras kun li en la teatron, mi vidas aliajn fraŭlinojn ĵaluze rigardi. Mi vidas kaj sentas, kiel envie ili rigardas mian feliĉon... Sed mi ja same amus Mateon, se li ne havus tioman belecon. Mi amas ja liajn animon noblegan kaj koron senkulpan...

Sed se li tamen ne restus fidela, sed trovus alian fraŭlinon plaĉantan pli multe ol mi?... Mi ja scias, ke mi ne estas tia fraŭlino, kian sinjoroj kutime deziras kaj ŝatas...

Sed miaj pensoj ja estas sensencaj...

De kie venas subite la vento, kiu muĝas tra la tilio? Kaj de kie venas la subita mallumo? Mi rigardas al la ĉielo. Malhelaj nuboj kovras la sunon kaj pluvon anoncas... Jen, kiel la floretoj viviĝas, kiel skuiĝas iliaj kalikoj... la vento fariĝas pli kaj pli forta... ĝi pelas sur la ĝardenaj vojoj la sekajn foliojn antaŭen... levas sur la strato la polvon en griz-flavaj nubetoj... turnas en rondo paperajn pecojn kaj malpezajn pajlerojn... ŝiras de la rozaj arbetoj florajn foliojn... muĝas en la arboj kaj arbetaĵoj...

Subite aŭdiĝas obtuza rulado de tondro...

Mi iras en la domon.

"Iru kaj rigardu, ĉu en la supraj ĉambroj ĉiuj fenestroj estas fermitaj", diras mia patrino.

"Panjo, ĉu vi dormis iomete? Ĉu vi sentas vin pli freŝa?"

"Estis ja kulpo de la premanta aero," ŝi respondas kun rideto, "sed la pluvo refreŝigos la aeron. Ni ne povos iri al la stacidomo pro la pluvo. Nu, ne faru tian malĝojan mienon, Zonjo, ni atendos lin hejme. Kaj Dio scias, ĉu li venos ankoraŭ hodiaŭ..."

"Sed kio okazis al li? Mi ne povas imagi al mi, kio povis malhelpi lian ĝustatempan alvenon."

"Trankviliĝu, mia infano, estas hodiaŭtempe tre eble, ke oni estas malhelpata survojaĝe per iu bagatelo, oni ne devas tuj supozi iun malfeliĉon. Sed iru rigardi, ĉu la fenestroj estas fermitaj."

Mi iras supren. Jen la ĉambroj, en kiuj li loĝos. Sur la muroj pendas multaj bildoj, kiujn li pentris. Sur la tablo staras vazo kun granda bukedo da floroj, kiujn mi kolektis en la ĝardeno.

Mi fermas la fenestron. Jam la unuaj gutoj plaŭdas kontraŭ la vitrojn.

La tempo pasas malrapide... ni vespermanĝas... la vespero venas... nun li baldaŭ venos... ni sidas en la krepusko kaj atendas... la bruo de preterpasanta veturilo aŭdiĝas...

"Tio estas li", mi diras kaj eksaltas, kuras al la fenestro. Sed la veturilo ne haltas.

Kaj la pluvo ne ĉesas...

"Li ne venos hodiaŭ," diras panjo kaj leviĝas, "estas jam tro malfrue, ne necese plu atendi. Ni volas iri dormi, li ja ne venos."

"Sed li venos," mi diras, "la vagonaro eble malfruiĝis, aŭ li ne povis trovi tuj fiakron."

"Trankviliĝu, Zonjo," konsolas mia patrino, "li venos morgaŭ matene. Kaj nun iru dormi!" Ŝi kisas min.

Silente mi iras en mian ĉambron. Mi sidiĝas ĉe la fenestro kaj rigardas en la pluvon.

Kial li ne venis? Eble li malsaniĝis, eble iu malfeliĉa akcidento okazis? Mia koro batas maltrankvile... kio okazis al li? Kie li nun estas? Ĉu li ne troviĝas en iu danĝero? En iu danĝero... sed kian specon havas tiu danĝero? Kie li nuntempe estadas... ĉu li vojaĝas, estas ankoraŭ hejme, aŭ pasigas la nokton en iu hotelo?... Ĉu minacas al li iu danĝero?...

La pluvo malplifortiĝas... ekiĝas silento kaj mallumo. Iu guto falas konstante sur la ladan fenestran antaŭaĵon kaj kaŭzas strangan monotonan muzikon. Sur la strato en la kontraŭa flanko brilas lanterno, kaj ĝia ruĝeta lumo penetras tra la pluvo ĝis mia ĉambro. Mi rigardas tiun ĉi lumon... kiel malĝoje ĝi brilas...

Pang... pang... pang...

La guto falas konstante... kaj kantas... iu malgaja melodio eksonas... iu kanto melankolia...

Mi apogas mian kapon sur miaj kubutoj... kaj mi fariĝas tiel malĝoja...

Sed jen aŭskultu!... Ĉu ne estas ruliĝado de proksimiĝanta veturilo?...

Mi eksaltas... malfermas la fenestron... klinas min el ĝi... rigardas al la dekstra flanko... kaj aŭskultas... sendube li venas!... La veturilo proksimiĝas rapide... ambaŭmane mi premas mian bruston... en la malklara ruĝeta lumo de la lanterno montriĝas la veturilo... estas simpla veturilo de kamparano, kiu veturas hejmen... mi staras senmove kaj postrigardas ĝin... aŭskultas ĝian ruladon... malrapide mi fermas la fenestron... sidiĝas... li ne venis!...

Denove ekregas silento... premanta kaj senesperiga trankvilo.

Pang... pang... pang...

La pluvo ploras... verŝas siajn larmojn sur la vitrojn... kaj kantas dolore... kaj la ruĝa lanterno briletas malĝoje... ruĝete kolorigas la larmojn, kiuj malsuprenfluas la vitron...

Kiel malgaja mi estas... malrapide, nehaltigeble venas en miajn okulojn larmoj... mi ploras...

Kiel soleca mi estas... neniu konsolas min... eble morgaŭ li venos...

Al vi ŝajnas, ke mi ploras pri bagateloj, kiel ploras infano pro sia perdita ludilo... mi scias, ke vi denove ridetas pri mi... vi ja ne komprenas min kaj mian doloron... vi ja ne povas tion kompreni, ĉar vi estas homoj kun pli krudaj animoj... sed mi estas alia... miaj sentoj estas pli delikataj ol la viaj... ho, vi ja ne amas kaj sopiras kiel mi... do vi ne povas laŭsenti tion, kion sentas mia koro amanta...

Mi enlitigas min.

Iom post iom mi trankviliĝas.

La nokto estas nigra kaj silenta.

Pang... pang... pang...

La guto frapas mallaŭte, dormige...

Kaj ruĝeta lumo saltas en la ĉambron... ĝi glitas super la muron... haltas sur bildo...

Li rigardas min serioze... rideto preskaŭ nerimarkebla ludetas ĉirkaŭ la lipoj... li klinetas la kapon...

"Mateo, diru, kial vi ne venis hodiaŭ? Mi atendis vin tre, tre longe, kaj vi ne estas veninta! Pro kio? Kie vi estas nun, Mateo? Ĉu ne minacas al vi iu danĝero? Sed morgaŭ vi certe venos, Mateo?..."

Denove li klinetas la kapon...

ĈAPITRO VI

MATEO ARDO:

En la suna mateno mi paŝas tra la stratoj kun kofreto en la mano. Malrapide mi paŝas kaj enpense... du jaroj ja estas pasintaj depost tiu tempo, kiam mi paŝis la saman vojon. Ĉio restis la sama, nenio ŝanĝiĝis. Nur la homoj estas aliaj... miaj kolegoj gimnaziaj, miaj multaj konatoj ne estas plu videblaj... estas ja kompreneble, dum du jaroj la homo fremdiĝas...

La suno brilas ĝojige, kaj la naturo freŝigita per la pluvo pli bele ekfloras kaj denove ekvivas. Kaj mia koro sentas la inspiron de la suno, de la ĝojiganta mateno. Ĝi tremas pro feliĉa atendo...

Estas ankoraŭ frumatene. Ĉu ili dormos ankoraŭ? Aŭ eble ili tamen min jam atendos?...

Pli kaj pli mi proksimiĝas al mia hejmo, kaj mia koro batas pli kaj pli forte.

Sed jen, jen! Tra la verdaĵo ekbrilas la blanka dometo, mia hejmo! Ĝi salutas la filon revenintan. Kaj jen la verda barilo ĉe la strato... kaj la ĝardeneto kun la rozoj florantaj... kaj la maljuna tilio, kiel ĝi salute kliniĝas... kaj en ĝia ombro tablo kaj benketoj... ĉio restis la sama... ĉio, ĉio... nenio ŝanĝiĝis!...

Kaj mi ekhaltas antaŭ la barila pordeto kaj ŝtelrigardas. Kaj subite antaŭ mia animo aperas bildo el mia juneco. Iam, iam mi estis same starinta kiel juna knabo antaŭ la sama barilo kaj rigardis en la ĝardenon... tie sub la sama tilio sidis malgranda knabino en blanka vestaĵo kun la patrino kaj skribis siajn lernejajn taskojn... tio jam okazis antaŭ longa tempo... kaj nun mi staras denove antaŭ la barila pordeto, kaj mia koro batas ekscitite, kiel tiam, kiam mi estis malgranda knabo...

Mi turnas miajn rigardojn al la supraj fenestroj... tie ŝi ja loĝas! Certe ŝi dormas ankoraŭ, kaj dolĉaj sonĝoj agrabligas ŝian dormon kvietan. Se mi vekus ŝin nun per fajfsignalo, kiel mi vokis ŝin en antaŭaj tempoj?...

Mi starigas la kofreton sur la teron, akrigas la lipojn kaj fajfas signalon. Komence mi faras tion mallaŭte, sed poste pli forte.

Malantaŭ unu el la supraj fenestroj moviĝas kurteno, ĝi estas flanken tirata, la fenestro malfermiĝas, kaj en la fenestra kadro aperas fraŭlina kapeto. Mi estas ravita pro la belegeco de ĉi tiu bildo, kiu montriĝas al mi. En la radioj de la matena suno brilas la longa ora hararo, kiu ankoraŭ ne plektite kadras ŝian belan vizaĝon, metiĝas sur ŝiajn ŝultrojn kaj fluas malsupren ŝian blankan faldoriĉan matenan vestaĵon. La bildo entuziasmigas mian artistan koron...

"He, Zonjo, dormemulino!" mi krias gaje kaj svingas mian ĉapelon.

"Mateo, vi..." ŝi respondas, "kiom mi ĝojegas! Mi tuj estos preta, Mateo! Intertempe iru al via ĉambro. Kial vi staras kaj ne sonorigas? Aĥ, Mateo, vi ne povas imagi al vi, kiom mi atendis vin hieraŭ... Sed mi estos tuj preta... Mateo, Mateo, kiom mi ĝojegas!"

Ŝi malaperas de la fenestro, kaj mi ankoraŭ staras kaj rigardas al la fenestro ravite... al mi ŝajnas ĉio kiel bela sonĝo... ĉu efektive mi estas hejme? Hejme ĉe panjo kaj Zonjo, kiuj amas min kiel filon kaj fraton... mi estas hejme ĉe homoj, kiuj estas al mi bone konataj, kun kiuj mi pasigis tiom da ĝojaj momentoj, en kies proksimeco mi sentas min feliĉa kaj kontenta... dum du jaroj mi devis estadi inter fremdaj homoj, kiuj estis por mi afablaj, sed kiuj tamen ne sukcesis anstataŭi al mi la hejmon, tiun hejmon, al kiu ĉiu homo pli malpli frue revenas por, ĉirkaŭita de hejma oportuno kaj kora zorgemo, ripozi en kvieta harmonio...

Mi sonorigas.

El la domo venas maljuna virino kun blua antaŭtuko. Ŝi alpaŝas malrapide kaj rigardas mirigite, kiu faras viziton tiel frue. Sed subite ŝi ekkrias:

"Vi, sinjoro Mateo! Preskaŭ mi ne ekkonis vin."

"Nu, Marto," mi diras kun rideto, "mi ne estas 'sinjoro' Mateo, mi restis via malnova juna amiko Mateo."

Super la sulkigitan vizaĝon de la maljuna servistino kuretas ekbrilo de ĝojo, kaj ŝia dekstra mano, kruda pro la ĉiutaga laboro, forte premas mian delikatan artistan manon:

"Nu, do koran bonvenon, Mateo!"

Ŝi ekprenas la kofreton malgraŭ miaj kontraŭstaroj.

"Sed lasu, lasu, Mateo," ŝi diras, "ĝi ja ne estas peza. Sed ĉu tio estas via tuta havaĵo?"

"Pli grandan kofron mi havas ankoraŭ en la stacidomo, mi transportigos ĝin poste. Sed diru, Marto, kiel fartas panjo?"

"Bone, Mateo," ridetas la maljunulino, "ŝi ĵus leviĝas. Kiom ili ĝojos, ke vi alvenis. Hieraŭ ni jam atendis vin malpacience. Kaj poste tondris kaj pluvis, kaj mi pensis: Dio mia, kie nur restas nia Mateo? Mi jam efektive timis, ke okazis al vi io malbona. La hodiaŭaj tempoj ja estas tiel danĝeraj! Ĉiam oni aŭdas pri murdoj kaj raboj. Jes, estas nun vere maltrankvilaj tempoj. Kaj vojaĝi ne estas agrable. Kaj fari tian vojaĝon eĉ trans la limon, ne estas sendanĝere..."

"Nu, nu," mi trankviligas bonhumore, "la krokodiloj ja ne manĝis min, kaj mi ja estas viro."

Ŝi rigardas min atente.

"Jes, vi estas nun viro," ŝi diras, "vi bezonas nenion timi. Sed kiel la suno brunigis vian vizaĝon! Vi bone aspektas. Ĉu vi estas laca pro la longa vojaĝo?"

"Ne, ne," mi rapidas respondi, "mi tute ne estas laca. Sed ankaŭ vi aspektas sane, nur viaj haroj jam komencas griziĝi."

"Jes, jes, oni maljuniĝas," ŝi diras penseme, "oni ne konscius tion tiel forte, se oni ne vidus la junajn homojn tiel kreskantaj. Kiel bone mi memoras la tempon, kiam vi estis ankoraŭ knabo kaj ludis kun Zonjo en la ĝardeno. Sed nun vi estas jam tiom alta sinjoro, ke oni povas senti veran respekton. Jes, la junularo kreskas, kaj oni sentas, ke oni pli kaj pli maljuniĝas. Kaj senvole oni okupas sin enpense pli multe pri la lasta horo de la vivo, kiu de tago al tago pli proksimiĝas. Oni pli multe meditas pri tio, kio okazos post nia morto, kien venos nia animo, kiaspeca estos la estado de nia animo en la transa mondo. Kaj oni pli konscias la terurecon de la morto. Jes, se oni estas juna kiel vi, kaj la vivo kuŝas antaŭ oni, oni ne okupas sin pri tiaj pensoj. Kaj tute prave. Pro kio malserenigi sian vivon per tiaj seriozaj meditoj?"

Tiel babilas la maljuna servistino kaj kondukas min al mia ĉambro. Ŝi starigas la kofreton sur la plankon kaj diras:

"Do vi estas nun denove hejme, Mateo!"

Si paŝas al la tablo kaj ekprenas la rozojn.

"Tiujn rozojn Zonjo hieraŭ kolektis por vi," ŝi diras, "sed ili dumnokte tre velkiĝis. Nu, ŝi poste enmetos pli freŝajn, vi ja ŝatas florojn, ĉu ne?"

"Mi ŝatas ĉion, kion la naturo produktas", mi diras.

"Malofte okazas, ke sinjoroj ŝatas la florojn," ŝi denove starigas la vazon kun la rozoj sur la tablon, "sed vere, mi ja forgesis, ke vi estas artisto. Sed mi malfermos la fenestrojn por enlasi freŝan aeron kaj lumon."

Ŝi malfermas la fenestrojn, ĵetas rigardon en la ĝarden-
eton kaj returnas sin al mi.

"Sed nun mi rapidos prepari la kafon," ŝi diras, "vi certe
jam estas malsata?"

"Nu, tion mi ne volas nei," mi ridetas, "eble ne malsaton
mi havas, sed ni diru: bonan apetiton."

"Mi jam kuras! Ĉu mi veku Zonjon?" ŝi ekhaltas ĉe la
pordo.

"Ne," mi respondas, "ne estas bezone. Ŝi jam leviĝas.
Jam antaŭe ŝi salutis min tra la fenestro."

"Do mi ne estis la unua, kiu vin akceptis," ŝi diras kun
miro, "kaj mi opiniis, ke estis mi, kiu unua salutis nian
Mateon."

"Tiun grandan honoron vi ne havis," mi ridas, "sed kon-
solu vin almenaŭ per la penso, ke mi havas grandan ape-
titon..."

"Dio mia!" ŝi krias subite, "mi staras kaj babilas kaj nia
Mateo malsatas..."

Kaj ŝi rapide forlasas la ĉambron.

Mi postrigardas ŝin enpense. Kiel tiu maljunulino zorgas
pri mi, kiel ŝi ĝojas pri mia alveno! Aĥ, mi sentas min vere
hejme, hejme ĉe homoj, kiuj amas min, kiuj konsideras min
kiel filon... Kaj ĉu mi ja ne estis vera filo en ĉi tiu domo, kiu
fariĝis por mi mia hejmo post la morto de mia patrino?

Miaj rigardoj trafas la rozojn sur la tablo... ĉio inspiras
amon, ĉie regas kvieta harmonio...

Mi elrigardas tra la malfermita fenestro... tie en la ĝar-
deneto mi travivis miajn plej feliĉajn momentojn de la vivo...
sed ne, mi ankoraŭ travivos ilin...

Kaj poste ni sidis ĉe la tablo, kiel okazis pli frue...

Kaj ni sentis nin senfine feliĉaj.

Mi devis detale rakonti, respondi al la senĉesaj demandoj
de Zonjo, priskribi al ili ĉion, ĉion, kion mi travivis dum tiuj
du jaroj...

Mi sentas, ke ilia amo ne ĉesis dum tiuj du jaroj, ke mi estas restinta la filo, sen kiu malĝojo kaj funebro en ĉi tiu domo ekregus...

Neniam, neniam mi povus malfideliĝi al mia hejmo!...

Neniam mi povus forlasi Zonjon... pro alia virino!...

Sed Halino?...

La penso pri ŝi maltrankviligas min iel...

ĈAPITRO VII

HALINO BORKI:

Mi jam perdis la esperon, ke li revenos. Ofte mi ankoraŭ pensadas pri li, kiam mi estas sola. Mi malĝojas, ke mi estas fraŭlino. Kial la fraŭlino estas devigata atendi la sinjoron, kial ŝi dependas de lia bonvolo, kial ŝi mem ne povas klopodi por akiri la amon, kiel faras la sinjoroj?... ĉar tio ne decus por la fraŭlino, kiu devas trankvile atendi, ĝis venos la sinjoro, kiu deziras posedi ŝin. Kial la sorto decidis, ke mi estas fraŭlino? Mi estas malfeliĉa. La viro povas ĝui la vivon libere, povas satigi siajn amajn dezirojn, povas elekti laŭ sia gusto kaj povas vivi laŭ sia plaĉo... li povas vivi, vivi! Kiel volonte mi ĝuus la vivon! Mi envias pasie la virojn, al kiuj estas permesita ĉio, ĉio! Kiel volonte mi amus, amegus per ĉiuj miaj sentoj... miaj lipoj soifegas al kisoj... mi sopiregas al amaj karesoj kaj pasiaj paroloj... mi volus dronigi mian malfeliĉon en ama ebrio... ĉion mi volus forgesi, banante min en varmega rivero de amo flamanta... nur kelkan mallongan tempon ĝui la vivon, kiel ĝuas ĝin la sinjoroj!

Mi estas juna amsoifa knabino. Kaj mi estas bela knabino. Sed la sorto estas kruela. Mi vivas kiel floro, kiu staras solece ĉe la vojo. Mi kreskas flanke de la aliaj floroj, kiuj kune gajas kaj ĝuas en la ĝardeno de l' vivo. Ili estas flegataj de la ĝardenisto, kiu donas al ili freŝigan akvon... Kaj mi velkas pro troa soifo... neniu zorgas pri mi... mi estas soleca...

Sed... mi ja legas libron kaj miaj okuloj legas, legas la nigrajn literojn, kiuj ne venas ĝis mia cerbo, ĉar ili estas flanken puŝataj per miaj propraj pensoj, kiuj estas multe pli fortaj ol la pensoj, kiujn esprimas la aŭtoro... Ne estas mia kulpo, ke mi estas tiel pensema. Se oni estas sola, oni devas pli agrabligi sian vivon almenaŭ per revoj kaj brilaj imagoj... kion signifas por mi romano? Ĝi respegulas nur malforte kaj malklare la veran feliĉon de l' amo, nur malforte ĝi povas sentigi al la homo tion, kion sentigas la amo reale. Sed ĝi plifortigas en la homo la sopiron al amo, kreskigas en la koro la dezirojn...

Kvina horo... mi devus iri trinki kafon. Paĉjo koleros, se mi ne venos je ĝusta tempo. Sed ĉi tie en la densa laŭbo estas agrable. Kaj oni povas senĝene revadi pri dolĉaj aferoj ĉi tie... se Mateo estus ĉi tie... ha... mi tremas tion pensante... jam la sola ekpenso pri li pli vigle batigas mian koron...

La hundo Karo saltas en la laŭbon, metas siajn antaŭajn piedojn sur mian benkon. Mi karesas la belan kapon de Karo.

"Jes, vi estas mia sola amiko. Vi estas mia sola fidela kaj sindona akompananto. La homoj ne priatentas min, nur vi sekvas ĉiujn miajn paŝojn kiel humila servisto."

Jen venas Marinko. Kion ŝi volas?

"Lia sinjora moŝto Muŝko ĵus alvenis. Ambaŭ sinjoroj atendas vian fraŭlinan moŝton."

"Kiu, kiu venis?" mi demandas surprizite.

"Sinjoro Muŝko," ŝi rediras, "li verŝajne restos por la vespermanĝo. Ili atendas kun la kafo."

"Ha! Ernesto Muŝko," mi diras enpense, "bone, bone, mi tuj venos."

Mi fermas la libron,

Ernesto venis... jam delonge mi ne vidis lin, onidire li forvojaĝis. Pli frue li estis ofta gasto en nia domo. Li estis gaja homo kaj sciis interese kaj humore rakonti... mi ĉiam ĝojis, kiam li vizitis nin. Ĉu li estas bela? Nu, oni povus enamiĝi en li... li estas eleganta belstatura kavaliro. Kaj la ama ludo, kiu okazis inter li kaj mi, estis tre interesa kaj amuza... bedaŭrinde ĝi restis nur ludo, malgrava infana ludo. Bone mi rememoras ankoraŭ la tagon, kiam li diris al mi, ke li restos eterne fraŭlo. Tiam mi ridis pri tio, sed mi sentis ĉiam pli kaj pli klare, ke li restis malvarmeta, ke nia ludo tute ne volis progresi... Nun li denove aperis post longa tempo en nia domo... eble li nun estos pli ema al la ludo, denove komencos ĝin kaj... mi fariĝas pli gaja, eble, eble... Ernesto, Ernesto, miaj brakoj estas malfermitaj por vi... se vi volas... sciu, Ernesto, ke miaj lipoj estas tre soifaj al kisoj...

Mi forlasas la laŭbon kaj iras laŭlonge de la lago al la domo. Karo saltas ĉirkaŭ mi gaje bojante. Ĉu la hundo divenas miajn pensojn, ke ĝi saltas tiel vigle?...

Paĉjo kaj sinjoro Muŝko sidas sur la verando kaj fumas cigarojn.

"Ha, sinjoro Muŝko," mi krias ekvidante lin, "la dum longa tempo perdita ŝafeto retroviĝas."

Li leviĝas por saluti min. Li ridetas, kaj liaj okuloj havas petolemajn rigardojn, kiuj klopodas penetri profunde en mian koron.

"Mi estas denove tute je la dispono de mia ĉarma paŝt-istino."

"Bonege," mi ridas, "sed mi devos ligi pli fortike la ŝaf-eton, por ke ĝi ne forkuru denove."

Li elpuŝas cigaran fumon kaj postrigardas ĝin enpense.

"Vere, mi tre ĝojus, se vi tion farus," li diras kun rideto kaj enprofundigas siajn rigardojn en miajn okulojn.

Senvole mi ruĝiĝas iomete pro la subita alisenciĝo de la interparolo. Mi sentas, ke la ludo komenciĝas denove, kiun ni interrompis dum kelka tempo. Li restis la sama bel-statura eleganta kavaliro, kiu li ĉiam estis... nur iomete pli pala li ŝajnas al mi. Liaj okuloj ne perdis sian brilon, kiu havas grandan forton kaj potencan voĉon... li restis la sama Ernesto, kiu estis mia luda kunulo...

"Sed ni volas trinki la kafon", diras paĉjo.

Ni sidiĝas ĉe la tablo sur la verando. Oni sidas oportune sub la grandaj arboj, kiuj donas agrablan ombron.

"Kial vi ne vizitis nin tiel longtempe, sinjoro?" mi de-mandas.

"Mi ne estis hejme. Nur hieraŭ mi revenis", li respondas. Mi sentas laŭ la tono, en kiu li parolas, ke li ne volas esti demandata pri sia foresto.

Mia humoro pliboniĝas. Mi komencas ŝerci kun li, kiel mi ŝercis antaŭe kun li, kiam li ankoraŭ ludis la aman ludon kun mi... sed li ne ŝercas plu tiel sprite kiel antaŭe... kaj kelkfoje ŝajnas al mi, ke lia vizaĝo por momento zorgoplene trajtiĝas, ke liaj lipoj perdas por momento la delikatan rid-eton, kiu konstante petolas... li fariĝis pli serioza sendube!

Post la kafo ni faras malgrandan promenon tra la kampoj.

Karo saltas kaj bojas pro ĝojo. Kaj ankaŭ mi fariĝas pli ĝoja. Post longa tempo mi eksentas denove ian senton de feliĉo kaj kontento. Mateo?... Li ja ne revenos plu. Lia figuro pli kaj pli malklariĝas en mia memoro. Mi sentas, ke hodiaŭ malaperos la lasta sentero da sopiro, kiun mi havis je li en mia koro.

Hodiaŭ alia ekloĝas en mia koro... alia, kiu nomiĝas Ernesto Muŝko!

ĈAPITRO VIII

ERNESTO MUSKO:

Fraŭlino Borki!
Mi sukcesis. Mi gajnis la ludon. Huj, kia ludo! Kia loterio! Ama loterio, kies ĉefloton mi gajnis...

Kiom valoras ĉi tiu loto, gajnita dum somera vespero en Nivi? Mi mem tion ne scias. Verŝajne pli multe ol ĉiu alia kutima loto, pagota en plej alta monvaluto. Unu malgranda bieno...

Bieneto kun bovinoj, grenkampoj, lokomobilo, domoj, parko, porko, sterko... pu! Kaj lagoj, fiŝoj, ranoj... huj, rrr... mia kapo susuras pro la grandioza hieraŭa loterio!...

Kaj kiu ĝin aranĝis? Kaj homoj kaj... la naturo! Ho, jes la naturo helpis nin multe. Kvankam la naturo estas por mi persone sensencaĵo. Kion signifas por mi, ĉu brilas la suno aŭ ĉu pluvo falas? Tio ne estas laŭ mia opinio atmosfero por la amo. Sed kafejo, ebriiga vino, cigareda fumo kaj ekscita muziko...

Sed komprenebly por amsoifaj ĉastulinoj la naturo estas decidiga, komprenebly. Kaj se oni povas enoreligi al tia vilaĝa infano, kiun la kulturo de l' urbo apenaŭ "prilekis", dolĉan flustradon, kiu miksiĝas kun la "mistera" flustrado de l' arboj... oni certe gajnas tiun senkulpan koron!...

Post la vespermanĝo ni sidas sur la verando. Ŝi sidas kontraŭe de mi, kaj ni rigardas nin konstante. La maljuna Borki sidas apud mi kaj senhalte babilaĉas pri iaj aferoj...

Silentu, maljuna knabo; aferoj, kiajn vi pritraktas, min tute ne interesas. Ĉiam denove kaj denove pri la vetero, pri la rikolto... kaj pri la arbaristo, pri... vi ĝenas min per via sensenca babilaĵo...

He, ĉu vi ne vidas, ke vi malhelpas la grandan loterion, kiun mi preparas? Vi ja estas tre bonkora homo, kaj mi ŝategas vin...

Mi ŝategas vin plej multe pro viaj grizaj haroj... Pro tio, ke via kapo bele aspektas kun tiakolora hararo? Hop, vi eraras, grizulo! Sed ne tedu min nun, mi ne havas tempon. Mi devas okupi min nun pri la loteria afero. Se vi volas, vi povas helpi min. Kiel? Tre simpla afero. Vi eltrinkos vian glason, formetos vian cigaron, leviĝos kaj diros: "Bedaŭrinde mi ankoraŭ havas gravan laboron. Vi pardonos, se mi forlasos vin. Sed la rikolto kaŭzas tiom da laboro... la rikolto, vi ja scias!..." Kaj poste vi simple foriros kaj lasos nin solaj. Bone. Aŭ alia metodo: vi malfermos de tempo al tempo vian buŝon, montros viajn maljunajn dentojn kaj oscedos. Poste vi leviĝos kaj diros: "Mi estas jam laca. Mi preferas iri dormi." Kaj mi tiam dirus: "Ho, komprenable, sinjoro Borki, la rikolto vere lacigas la homon. Ne estas facila afero. De frua mateno ĝis malfrua vespero esti surkampe. Se oni estas ankoraŭ juna kiel mi, oni pli facile tion eltenas, komprenable... hm, komprenable! Bonan nokton..." Aŭ tria metodo: vi povas diri al via altŝatata filineto, ke ŝi konduku sinjoron Muŝko en la parkon kaj montru al li... nu, ion ajn!...

Sed vi estas tro malsaĝa azeno! Ŝajnas al mi, ke kutime junaj azenoj estas pli malsaĝaj... sed ĉi tie la malo ŝajnas okazi. Tri metodojn mi montris al vi, neniun vi emas efektivigi...

Ankaŭ via filino, la malgranda ĉarma azenido, havas similajn dezirojn kiel mi. Ŝi komprenigas ilin per siaj palpebroj: ho, se ni povus esti nun solaj... solaj! Ni ambaŭ bone scias, kion ni volas...

La vespero alproksimiĝas... bela vespero, kiu admonas la homojn pri amo kaj feliĉo... la parko logas, la verda freŝa naturo, en kiu regas nur amo pasia, dolĉa amo... dolĉe sukerita por mi per monaj bombonoj...

Hodiaŭ estas plej bona okazo rezervi ilin al oni. En la parko troviĝas laŭbo... pli konvena loko por aranĝo de nia loterio ne ekzistas laŭ mia opinio. Sed la griza azeno katenas nin per sia sensenca blekado...

Kiamaniere tiu azeno edziĝis? Nur azenoj edziĝas, vi estas prava. Sed ĉu neniam li estis juna amanto, ke liaj okuloj ne vidas kaj legas en niaj okuloj dezirojn de junaj koroj?...

Ni sidas kaj parolas malmulton. Li ŝajne rimarkas tion kaj diras:

"Nu, sinjoro Muŝko, vi ja estas tiel silentema hodiaŭ?"

"Tute ne," mi respondas kun ŝajnigita vigleco, "tio ŝajnas al vi nur..."

"Sed via humoro hodiaŭ ne estas tiel bona kiel kutime..."

"Mi certigas vin, ke ĝi estas bonega..."

Mi diras tion kun rideto. Mi jam dum mia juneco estis bona aktoro, precipe kontraŭ virinoj, kiuj laŭ mia opinio en ama rilato estas terure malsaĝaj.

Sed subite la sorto favoras nin. Ĝi alproksimiĝas en formo de la servistino kaj diras:

"Sinjoro inspektoro volas ankoraŭ paroli kun via sinjora moŝto..."

Ĝenerale mi malamas tiajn homojn kiel la inspektoron, la servistinojn ktp. Sed nun mi efektive ĝojas, ke sinjoro Borki havas tiajn helpemajn homojn. Mi vere ne scias, kiel rekompenci tiujn homojn. Se la servistino estus iom pli bela, eble mi donus kison al ŝi... kaj se mi estus riĉa, mi aĉetus al la inspektoro novan pafilon...

Sinjoro Borki eksaltas:

"Ke mi tion povis forgesi! Vi pardonos, sinjoro Muŝko, sed mi devas priparoli gravan aferon kun la inspektoro. Tio daŭros eble pli longan tempon, mi bedaŭras."

"Sed kun plezuro, sinjoro Borki," mi trankviligas lin, "mi bone komprenas: la rikolto... jes, la rikolto. Fraŭlino Halino min bone amuzos."

Li jam estas for, ni restas solaj... la azenido kaj mi.

Aha, la azenido nun iom timiĝas. Kiel kutime. La sinteno fariĝas maltrankvila. Ŝi eĉ ne kuraĝas rigardi rekte en miajn okulojn. Ankaŭ la sango peliĝas en ŝian kapeton. Kaj ŝiaj fingroj, kiuj ludas per la franĝoj de la tabla tuko, tremetas. Tia vi plaĉas al mi, malgranda azenido!...

Kaj mi? Mi ŝajnigas, ke mi tion ne rimarkas. Mi rigardas mian cigaron, kiun tenas mia dekstra mano, kaj ĉirkaŭ miaj lipoj ludas petola rideto... la loteriaj perspektivoj estas mirindaj!

Sed atendu momenton. Mi devas unue fiksi mian planon, laŭ kiu plej bone mi gajnos la grandan loton. Sendube la laŭbo ŝajnas al mi...

Subite mi eksaltas, formetas la cigaron kaj diras:

"Ĉu ni volas fari promenon tra la parko?"

Ŝi konsentas kaj leviĝas.

Malrapide ni paŝas unu apud la alia.

La krepusko, kiu regas ĉi tie inter la densaj arbetaĵoj kaj sub la grandaj arboj, ĉirkaŭas nin kiel griza nebulo... ĝi pli sentigas nin, ke ni estas kaŝitaj kontraŭ scivolaj rigardoj, ke ni estas solaj, ke ni apartenas unu al la alia...

Tian krepuskon mi ŝatas...

Kaj mi paŝas plu, kaj la krepusko fariĝas pli kaj pli densa kaj malluma... silentego regas ĉi tie en la densa verdaĵo... nur iu birdo kantas...

Ho, vi knabina animo, ĉu vi aŭdas, kiel venteto flustras en la folioj... kion ĝi flustras?... Ĉu vi aŭskultas la amajn dolĉajn sensencaĵojn, kiujn ĝi paroletas? Tiujn infanajn petolaĵojn, kiujn ĝi enoreligas?...

Mi metas mian brakon sur ŝiajn ŝultrojn... ŝi ektremas, kaj varmega sangofluo trakuras ŝin... la feliĉa ebrio de l' amo alproksimiĝas...

Kaj miaj paroloj ekflugas kvazaŭ diafanaj ombraĵoj... kvazaŭ ia melodio anima, kiun akordas la arboj per sia flustrado... kaj rekantante finiĝas:

"Halino, mi amas vin!... kaj vi?..."

"Ernesto, kiel vi povas demandi... pli ol ĉion alian en la mondo..."

Mi tiras ŝin al mia brusto kaj kisas ŝin longe kaj pasie...

Halo, la loto estas gajnita, la loterio finita!

Tondron, kian fajron havas mia azenido! Kia pasio! La tuta ama dezirego, kiu amasiĝis en ĉi tiu vilaĝa knabino, nun eksplodas kaj superverŝas min per varmega kisaro...

Sinjoro Muŝko! Nun supren la kapon!

Sinjorino Muŝko plenŝtopos al ĉiuj viaj kreditoroj la buŝojn per monsukeritaj bombonoj. Kaj sinjoro Muŝko senzorge gustos la plej dolĉajn el ili... kaj estos feliĉa!...

ĈAPITRO IX

HALINO BORKI:

Kiel feliĉa mi estas! Miaj vortoj ne sufiĉas por priskribi al vi la dolĉaĵojn, kiujn mi ĝuis hieraŭ vespere. Mia fantazio estas granda kaj brila... ankoraŭ nun mi postsentas, kion mi sentis hieraŭ... sed kiel mi povus sentigi ĝin al vi?... mi droniĝis en la ebriiga feliĉo de l' amo... mi svenis pro ĝuo... Kaj ĉiam denove mi devis konfesi al li mian amon... ke nur lin mi amas... ĉiam denove li demandis min pri tio... mi ĵuris al li mian fidelecon... nur lin mi amos kaj neniun alian... neniun!

Tio okazis hieraŭ.

Mi sidas en mia ĉambro kaj vestas min.

La hodiaŭa tago estas griza kaj pluvema. Sed tio ne malpliigas mian feliĉon, kiun mi sentas en mia koro.

Mi malfermas la fenestron. Malagrabla vento malvarmige blovas tra la parko, laŭte muĝigas la arbojn kaj ondigas la akvon... estas malagrabla vetero... oni ne povas sidi hodiaŭ en la laŭbo kaj revadi, estas tro malvarmete.

Mateo...

Strange, ke tiu nomo ankoraŭ aperas en mia memoro... ĝi aperas kiel fulma ekbrilo, tiel subite... estas ja sensencaĵo pensi pri tiu viro, kiu ja ne ekzistas plu por mi... depost hieraŭ malaperis el mia koro por ĉiam... pli inda viro ekloĝis en mia koro... pli inda?... ĉu vere pli inda?... ĉu mi amas Erneston same tiel forte, kiel mi amis Mateon... Mi sentas, ke ne... Mateo estis pli bela, li havis magian forton super mi... mi amis lin ĉe la unua ekrigardo... kaj Ernesto... sed, sed kiel strangajn pensojn mi ekhavas... Mateo ne ekzistas plu por mi!...

Estas ankoraŭ frumatene. Paĉjo ankoraŭ ne revenis de la kampoj.

Mi iras el la domo. La vento blovas en mian vizaĝon... estas efektive malvarme hodiaŭ. Mi devos poste surmeti alian pli varman vestaĵon, ĉar mi malvarmas.

"Bonan matenon!"

Ha! la poŝtisto!

La maljuna viro starigas sian biciklon ĉe la muro, elprenas el la leda leterujo amason da gazetoj kaj korespondaĵoj.

"Jen la hodiaŭaj poŝtaĵoj", li diras transdonante al mi la leterojn kaj gazetojn.

Huj... la vento kaptas unu gazeton kaj forportas ĝin. Li postkuras la saltetantan gazeton, revenas kaj transdonas ĝin al mi kun rideto:

"Estas hodiaŭ tre ventema vetero", li diras.

"La veturado bicikla ne estas agrabla en tia vento, ĉu ne?" mi demandas.

"Nu, se oni havas la venton en dorso, la vento estas tre simpatia vojaĝkunulo. Ĝi ĉasis min hodiaŭ kiel diablo. Kaj mi veturis tiel rapide kiel aŭtomobilo. Pro tio mi alvenis ja hodiaŭ pli frue ol kutime. Sed reire mi havos grandan laboron, se la vento restos tiel forta."

"Kiel fartas via edzino kaj viaj infanoj?" mi demandas.

"Mi dankas, fraŭlino," li respondas kun dankema kaj ĝoja rideto, "la malgranda Alfredo jam komencas kuri, kaj Margareto sekvontan jaron komencos viziti la lernejon."

"Sed kion oni aŭdas en Valo?"

"Nenio nova okazas. Ĉio iras laŭorde. Nur, ke la tempoj estas tiel aliaj nun! La vivo estas tiel malfacila. Mia salajro apenaŭ sufiĉas por vivteni mian familion. Ĉio estas tiel multekosta, kaj oni devas vivi tre ŝpareme. Mia edzino ofte plendas, ke la mono ne sufiĉas por la vivo, ke la infanoj ja ne povas iri ĉifone vestitaj, ke ili devas esti nutrataj bone, dum ili estas ankoraŭ junaj. Aĥ, vere la vivo estas mizera hodiaŭ, tre mizera! Oni laboras de frua mateno ĝis malfrua vespero, kaj tamen la salajro estas tiel malalta kompare al la prezoj!"

Mi aŭskultas la maljunan viron atente. Ĉu fakte la tempoj estas tiel malfacilaj? Ankaŭ paĉjo plendas ofte... sed kiu ne plendas hodiaŭ?... Vere, mi ne sentas, ke la vivo estas tiel malfacila. Ankoraŭ neniam mi suferis malsaton...

"La tempoj pliboniĝos," mi konsolas lin, "ne perdu la esperon!"

"Vi diras tiel, kiel multaj aliaj homoj. Sed en realo la malo okazas. Ankaŭ mi opiniis ĉiam, ke iam ja devos la tempoj pliboniĝi. Sed de tago al tago la prezoj altiĝas, tamen la salajro ne estas altigata konforme. Oni devas fariĝi pli ŝparema, aĉeti nur la plej necesajn bezonaĵojn. Kaj estas ja komprenebla, ke la prezoj devas altiĝi, ĉar la homoj ne laboras plu tiel diligente kiel en pli fruaj tempoj. Estas vere frenezaj tempoj nun, efektive frenezaj... Sed mi iros nun matenmanĝi."

"Bonan apetiton!" mi diras kaj iras en la domon.

La tablo estas jam pretigita por la kafo, kaj Marinko, kiu ĵus ordige starigas seĝon, diras:

"Mi pretigis hodiaŭ en la manĝoĉambro, ĉar sur la verando estas hodiaŭ tro malagrabla vento."

"Bone, bone," mi diras, "sed diru, ĉu paĉjo jam revenis de la kampoj?"

"Mi ne scias, via fraŭlina moŝto," ŝi respondas, "sed kutime li jam estas ĉi tie en tiu ĉi horo."

Ŝi foriras.

Mi metas la korespondaĵojn kaj gazetojn sur la tablon kaj paŝas al la fenestro.

La vento muĝas en la arboj kaj dancigas sekajn foliojn... Vere mi ne volus esti poŝtisto kaj veturi bicikle... kaj vivi tiel zorgoplenan vivon... aŭdi ĉiutage la plendadon de la edzino kaj la kriadon de malgrandaj infanoj, kiuj ploras kaj deziras panon... labori de frua mateno ĝis malfrua vespero kaj rekompence ricevi mizeran salajron... labori la tutan tagon... se mi devus tiel labori? Mi ridetas... mi eĉ ne volas iri al la kuirejo kaj lerni la kuiran arton ĉe nia kuiristino... paĉjo ofte koleras pro tio... sed li estas tro bonkora, li estas tiel facile venkebla! Se mi ĉirkaŭbrakas lian kolon, metas mian vangon al la lia kaj kisas lin, lia mieno tuj heliĝas, kaj lia kolero tuj ĉesas... paĉjo estas tiel bonkora... sed vere, kion mi faras? Por konfesi la veron, mi "ŝtelas de Dio la tagon". Bone kaj longe dormi... poste trinki kafon... iomete legi... "eventuale" ĵeti rigardon en la kuirejon... denove manĝi... fari kun paĉjo malgrandan promenon tra la arbaro aŭ kampoj... kaj iomete revadi pri dolĉaj aferoj... mem sperti ilin praktike, kio malofte ĝis nun okazis... nu, kaj la tago estas pasinta!

Mi reiras al la tablo... kiam paĉjo venos?

Mi sidiĝas kaj prenas la gazetojn. La politikaj okazintaĵoj min ne interesas. Estas ja sensencaĵoj, kiujn skribas la gazetoj. Sed ni rigardu, kion oni ludas en la teatroj kaj kinemato-grafejoj. Eble paĉjo baldaŭ denove devos veturi al Kastelujo kaj kunprenos min... sed jen, sur la tablo tiu blanka koverto, ĝi interesas min... mi rigardu, kie ĝi estas forsendita... sed, sed, kio estas?...

Mi eksaltas ekscitite, kaj mia mano ekprenas la leteron tremante... ne, ne, estas ja sensencaĵo... mi eraras... estas neeble, tute neeble!

La grandaj adresaj literoj dancas antaŭ miaj okuloj:

"Al lia sinjora moŝto A. Borki, bienposedanto, Nivi, poŝto Valo."

Sed tio estas lia skribo sendube!... sed kion li skribus? Ne, la skribo estas nur simila, ĝi apartenas al alia persono... Mi turnas la koverton... neniu forsendinto estas signita... estas iu letero en komercaj aferoj... la sendinto eble demandis pri la nunaj prezoj de greno, de iu bovo, porko... ĉu mi scias?... kaj mi estas tiel malsaĝa kaj opinias, ke estas lia letero... lia skribo... ha, estas ja ridinde!...

Mi volas trankviligi min, sed mi ne sukcesas. Mi reĵetas la blankan koverton sur la tablon... kaj turnas miajn rigardojn al la gazetoj. Mi enprofundigas perforte miajn pensojn en la felietonan parton de iu gazeto... legas la tie presitan romanon... miaj okuloj kuras laŭlonge de la nigraj linioj... sed mi nenion komprenas... vana estas ĉia penado...

Maltrankvile mi iras al la fenestro, restas tie staranta momenton, elrigardas, sed mi nenion vidas de la parko... nur blanka koverto kun granda skribo aperas antaŭ miaj okuloj. Kion mi faros por liberigi min de tiuj strangaj pensoj, kiuj ekscitas miajn nervojn kaj kaŭzas al mi varmegan febron... mi forlasos la ĉambron... mi sufokiĝos ĉi tie... mi iros en la parkon... la vento malvarmigos min, forpelos mian febron...

Mi reiras al la tablo. Miaj okuloj serĉas la blankan koverton, kiu kuŝas duonkaŝite sub la gazeto. Sed ni rigardu, kie la letero estas forsendita, eble tio trankviligos min. Mi denove ekprenas rapideme la leteron kaj rigardas la poŝtan stampon... "Kastelujo"!... hieraŭ forsendita... Kastelujo, kie li loĝas... ĉu, tamen?...

Mi staras dum momento senmove kaj miaj tremantaj fingroj premas la koverton nerve... se tamen?...

Sed subite mi ĵetas la koverton sur la tablon kaj kuras el la ĉambro.

Mi devas certigi min, ĉu estas efektive lia skribo. En mia ĉambro mi havas ankoraŭ la leteron, kiun li skribis tiam frumatene. Mi certe havos ĝin ankoraŭ en mia skribtablo. Kaj mi komparos la skribojn unu kun la alia...

Mi puŝas malferme la pordon de mia ĉambro, kuras al mia skribtablo.

Marinko balaas en mia ĉambro kaj rigardas min surprizite.

Rapide mi eltiras la maldekstran tirkeston de mia skribtablo, elprenas diversajn paperojn kaj leterojn, metas ilin sur la skribtablon kaj serĉas ekscitite...

Huj!... la vento blovas en la ĉambron, ekprenas la paperojn kaj kuras tra la malfermita pordo...

"Fermu do la pordon!" mi krias, "ĉiuj paperoj ja forflugas!"

Marinko fermas la pordon, starigas la balailon flanken kaj venas por helpi al mi kolekti la paperojn, kiuj kuŝas sur la tero.

"Ĉu via fraŭlina moŝto serĉas ion?" ŝi demandas scivole.

Mi nenion respondas, sed ankoraŭfoje traserĉas la kolektitajn paperojn. Kien mi nur metis lian leteron?

Marinko staras kaj observas min kun miro.

"Kion serĉas via fraŭlina moŝto," ŝi denove demandas, "eble mi scias."

"Lasu min, vi ne scias", mi diras.

Kaj mi daŭrigas serĉi lian leteron kun pli granda ekscito. Ĉu mi ne enmetis ĝin en ĉi tiun libron? Mi foliumas... prenas alian libron... denove foliumas... eble inter tiuj skribaĵoj... ankaŭ ne! Kien mi nur metis lian leteron... eble mi perdis ĝin?

Mi mallevas min sur miajn genuojn. Mi ĉesigas dum momento la serĉadon kaj volas pripensi... kiam mi havis ĝin lastfoje?

"Sed eble mi tamen scias," demandas Marinko, "eble mi trovos, kion serĉas via fraŭlina moŝto?"

"Sed ne, mi jam unu fojon diris, ke vi ne scias..."

La trudemo de Marinko pli ekscitas min, malhelpas mian trankvilan meditadon, kie mi restigis la leteron... sed Marinko staras, proksimiĝas iomete kaj rigardas min scivole.

"Kion serĉas via fraŭlina moŝto?" ŝi ree demandas.

Kolero kaj ekscito ekprenas min kaj mi krias laŭte:

"Kion vi staras kaj gapas malsaĝe?! Mi ne bezonas vin! Iru, balau, ne ekscitu min per viaj trudemaj demandoj!"

Malrapide ŝi foriras kaj prenas la balailon.

Mi denove komencas la serĉadon... ŝajnas al mi, ke la letero devas troviĝi inter la paperoj, kiujn la vento antaŭe teren flugigis... mi ankoraŭfoje serĉos inter tiuj skribaĵoj... ne estas... sed mi scias nun certe, ke mi metis ĝin lastfoje en la maldekstran tirkeston...

Mi levas min denove, sidiĝas sur la seĝo, ĉirkaŭjetas la paperojn, sed mia penado restas vana, sensukcesa! Certe ĝi perdiĝis ie... estas sensence plu serĉi... kaj mi ja povas atendi... mi ja poste vidos, ĉu estas lia letero. Mi ja estas freneza, ke mi serĉas ĝin tiel pasie...

Mi denove enmetas ĉiujn elprenitajn skribaĵojn kaj librojn en la skribtablon kaj rigardas, kiel Marinko balaas la ĉambron.

Ŝi finas sian laboron kaj malfermas la pordon por forlasi la ĉambron.

"Jen estas ankoraŭ papero," ŝi diras, "la vento blovis ĝin malantaŭ la pordon. Ĉu mi kunprenu ĝin en la rubsitelon, aŭ ĉu via fraŭlina moŝto volas ĝin konservi?"

Mi havas subitan strangan antaŭsenton.

"Donu, donu ĝin", mi ekkrias kaj eksaltas.

Marinko turnas ĝin en sia mano kaj diras kun indiferenta voĉo:

"Estas nur iu mallonga skribaĵo, tiun vi certe ne serĉas!"

"Donu ĝin, mi diras!" mi krias ordone, "vi estas malsaĝa ansero."

Mi ŝiras la paperon el ŝia mano... estas lia letero... kiel strange! Ĝuste tiun leteron la vento prenis kaj forportis... kion tio signifas?

Mi rekuras en la manĝoĉambron. Paĉjo ankoraŭ ne revenis, kaj sur la tablo kuŝas ĉiuj gazetoj kaj skribaĵoj... jen brilas la blanka koverto! Mi ekprenas ĝin rapide kaj komparas... estas nenia dubo... la leteron skribis li... estas ja tute la samaj literoj... tute la samaj!... Sed mi aŭdas, ke paĉjo venas... mi remetas la koverton sur la tablon kaj kaŝas la papereton, kiun li skribis tiam matene...

Paĉjo eniras.

"Bonan matenon!" mi diras kaj kisas lin.

"Bonan, bonan," li ridetas, "nu, jam ni leviĝis? Vi sidis hieraŭ ĝis malfrua horo, nu, espereble vi bone amuzis Erneston..."

Lia rigardo igas min ruĝiĝi.

"Nu, cetere dirite, Ernesto ja ne estas malbela knabo. Kaj li scias tre interese kaj humore rakonti. Mi nur miras, ke li ne estis tiel longan tempon ĉe ni, sed nun li..."

"Li ja ne estis hejme, paĉjo," mi diras, "li ja forvojaĝis."

"Jes, jes," li daŭrigas, "mi ja scias. Kiel mi jam diris, li ne estas malbona knabo. Nur, li okupas sin tro malmulte pri siaj hejmaj aferoj, pri sia bieno, pri la proksimiĝanta rikolto... La inspektoro tamen ne faras ĉion tiel akurate kaj bone. Kaj se oni mem ne ĉion kontrolas, sed fidas aliajn homojn, estas komprenebla, ke la duono de la tuta rikolto – por tiel diri – 'elflugas tra la fenestro'. Estas ĉiam la sama afero, tute egale, ĉu oni posedas bienon aŭ iun magazenon aŭ iun alian entreprenon: se la estro mem ne estas modela ekzemplo al siaj subuloj kaj ne kunlaboras en sia entrepreno persone, la tuta afero iras malbone..."

Nur duone mi aŭskultas, kion diras paĉjo. Miaj okuloj ĉiam denove kvazaŭ per magia forto tirataj revenas al la blanka koverto, kiu kuŝas sur la tablo... se mi jam scius, kion li skribas!

Marinko eniras kaj alportas la kafon.

Paĉjo staras ĉe la fenestro kaj rigardas la ĉielon.

"Ŝajnas, ke ni tamen ricevos ankoraŭ hodiaŭ pluveton," li diras, "la ĉielo kovriĝas per densaj nuboj. Se la vento ne estus tiel forta, sed ĝi tuj dispelas la pluvon. Kelkaj gutoj jam falis hodiaŭ matene, kiam mi iris sur la kampon. Pluveto ja nun ne malutilus tro multe. La terpomoj nun bezonus iomete da ĝi. Sed ni volas trinki kafon. He, Marinko, ĉu vi vidis la inspektoron?"

"Jes, via sinjora moŝto," ŝi respondas, "mi vidis lin antaŭe en la kuirejo."

"Do diru al li, ke li atendu min post la matenmanĝo."

Marinko forlasas la ĉambron.

"Nu, Halino," diras paĉjo kun rideto, "ŝajnas, ke vi volas fari ankoraŭ postdormeton."

La voĉo de mia patro ŝiras min el la konfuza danco de miaj pensoj, kiu turniĝas inter du personoj... Mateo... Ernesto... Mateo... Ernesto...

Mi eksaltas kaj verŝas la kafon en la tasojn. Mia mano, kiu tenas la kruĉon, tremas nerve.

"He! Halino," diras paĉjo skuante la kapon, "vi estas vere mallerta mastrino. Duonon de la kafo vi verŝas sur la subteleron."

Mi ruĝiĝas denove. Bone, ke paĉjo ne vidas tion.

"La poŝto jam venis", diras paĉjo kaj ekprenas unu gazeton. "Kio nova okazas en la mondo, Halino?"

"Mi ne scias, paĉjo..."

"Nu, vi ja legis jam la gazetojn", li diras humore.

Li enprofundiĝas, kaj mi sidas kaj atendas...

Mi atendas?... Kion?... Miaj okuloj vagas en la ĉambro... de la bufedo al la sofo... al la granda horloĝo... al la fenestroj... reen al mia taso... al mia telero, sur kiu kuŝas freŝa bulko... al la sukerujo... al la kafokruĉo... al la gazeto, kiun tenas paĉjo... kaj haltas sur io blanka, kio ŝtelrigardas el sub gazeto, ekscitas min, pelas mian sangon, tremigas min febre...

Mateo skribis... li ne ekzistas plu por mi!... sed li skribis, li skribis al paĉjo... liaj interrilatoj ne ĉesis... kion li skribis... se li ankoraŭfoje venus al Nivi? Kaj sidus ĉi tie kun ni, kiel li sidis tiam vespere kaj vespermanĝis... kaj mi denove rigardus lin kiel tiam... rigardus lian inteligentan seriozan vizaĝon... lian belan kapon kun la longa malhela hararo... kaj aŭdus lian belsonan voĉon, kiu parolas tiel klare, memkonscie, serioze...

Paĉjo studas trankvile la gazeton, de tempo al tempo trinkas sian kafon, denove studas kaj ne priatentas min. Kaj mi sidas, ĉiuj miaj nervoj estas streĉitaj... mi sidas kaj atendas, pasie atendas!

Sed nun?... Paĉjo kunfaldas la gazeton malkontente:

"Estas ĉiam la samaj aferoj en la gazetoj," li diras, "jen minacas nova striko de la laboristoj de la metala industrio, jen en la parlamento novaj akraj disputoj inter la diversaj partioj, jen oni mortpafas unu ministron, jen novaj krizoj ekonomiaj kaj financaj, novaj komplikaĵoj, kiujn kaŭzas la valuto ktp. Estas vere ne belaj tempoj, en kiuj ni vivas."

Mi ne aŭskultas, kion diras paĉjo. Mi observas lin kaj pasie atendas la momenton, kiam li ekprenos tiun blankan koverton kaj malfermos ĝin. Se paĉjo scius kaj divenus miajn pensojn, li ridetus pri mia stranga nerveksciteco, kiun kaŭzas iu malgrava blanka koverto... li ridetus pri mi kaj dirus: "Nu, malpacienculino, jen prenu la koverton kaj malfermu ĝin!"

Sed nun li metas la gazetojn flanken kaj ekprenas leteron, legas, metas flanken, denove ekprenas alian, denove legas...

Sed jen! En la sama momento etendiĝas lia mano, glitas super la tablon kaj tiras la blankan koverton el sub la gazeto, li legas la adreson kaj malfermas la koverton... eltiras blankan paperon, disfaldas ĝin kaj legas...

Mia spiro haltas en tiu momento... kaj mi sidas senmove... fikse rigardas la blankan paperon... kion ĝi enhavas?...

Paĉjo sulkigas la frunton.

"Tian porkaĉan skribon mi ankoraŭ ne vidis," li murmuras malaprobe, "mi ne povas kompreni, pro kio la homoj ne skribas klare kaj legeble, tiel, kiel ili lernis ĝin en la lernejo. Sed tio tro malsaĝe kaj infane aspektus, kompreneble, kompreneble!"

Post momento li rigardas min humore kaj diras:

"Halino, ĉu vi scias, kiu skribis? Estas nia vojaĝa amiko, tiu... tiu... tiu... kiu estas nur lia nomo..." li rigardas la subskribon, "ha, jes, Ardo, Mateo Ardo. Kaj li skribas, ke li volas veni hodiaŭ al Nivi."

"Li volas veni!..." mi ekkrias ekscitite, "al Nivi, ĉi tien?"

"Jes," diras paĉjo trankvile kaj surprizite pro mia stranga eksciteco, "li ja volis reveni al Nivi por semajno, aŭ eble dek tagoj. Vi ja sciis tion..."

"Mi nenion sciis", mi diras.

"Sed li ja mem diris tion al mi, kiam li frumatene forvojaĝis. Mi renkontis lin, kiam mi ĵus volis iri sur la kampojn kun la inspektoro."

"Kaj vi nenion rakontis al mi pri tio?" mi ekkrias subite.

Paĉjo rigardas min kaj ridetas:

"Ĉu mi eble forgesis diri tion al vi, al mi ŝajnis, ke mi tamen... nu, estas ja tute egale... kaj pro tiaj bagateloj vi ne bezonas fari tiajn krakaĵojn kaj lamentojn..."

Li rigardas la horloĝon.

"Halo! Mi devas rapidi. La inspektoro certe jam atendas min malpacience. Jen estas lia letero, li hodiaŭ posttagmeze alvenos kaj petas pri veturilo al Valo. Sed nun ĝis revido!"

Mi restas sola en la ĉambro... restas sidanta senmove sur mia seĝo... miaj pensoj intermiksiĝas en freneza danco... ĉasas sin... pelas sin... vetkuras... renversiĝas... tiras dum-momente min en abismon de senkonscio... li venos hodiaŭ!... Li, Mateo!

Paĉjo jam foriris. Mi koleras al li... "kaj ne faru lamentojn pro tiaj bagateloj"... bagateloj!... vere bagateloj por paĉjo, al kiu estas egale, ĉu Mateo venas aŭ ne... al kiu estas indiferenta la feliĉo de lia infano... tute indiferenta! Kial li ne diris al mi, ke Mateo intencis reveni al Nivi... kial?

Kial li senkompate igis suferi min dum tuta semajno?... kial li turmentis min per la penso, ke Mateo neniam plu revenos... ĉar tiun penson li estigis en mia cerbo per sia indiferenteco kontraŭ mi, kiu estas lia sola infano... sed li ne zorgas pri la feliĉo de sia infano, kiel devus zorgi vera patro... li opinias, ke sufiĉas al mi lia patra kiso aŭ kelkaj afablaj vortoj... ho, mi estas traktata malbone!... kaj li nenion diris al mi pri tio, ke Mateo venos... eĉ ne unu vorteton!...

Perforte mi retenas la larmojn, kiuj venas en miajn oku-lojn... mi reglutas la larmojn... ili doloriĝas miajn okulojn... ili malklarigas la ĉirkaŭaĵon... fluigas ĉion... gutas malsupren sur miajn manojn...

Sur la tablo antaŭ mi kuŝas la letero kaj koverto. Mi legas:

Kastelujo, la......

Estimata sinjoro Borki!

Bone mi ankoraŭ memoras la agrablajn horojn, kiujn mi pasigis en via gastama domo kune kun vi kaj via aminda filino. Ĉar vi bonvolis inviti min afable, mi kun plezuro sciigas vin, ke mi alvenos morgaŭ en Valo per la posttagmeza vagonaro. Mi petas, ke vi afable sendu veturilon al la stacio. Ĝis revido en Nivi! Kun sinceraj salutoj mi restas

sindone via
Mateo Ardo

Kial, kial paĉjo ne diris al mi, ke Mateo revenos... se mi estus sciinta hieraŭ, ke hodiaŭ alvenos Mateo...

Ernesto... Ernesto!

Mi ektimas subite... kio okazis hieraŭ?

"Halino, diru al mi, ĉu vi ne amas alian?"

"Ernesto, estu trankvila, neniun alian mi amas!"

"Sed vere neniun?..."

"Aĥ, Ernesto, vi mia timema infaneto, ne timu!"

"Sed vi restos fidela al mi, Halino?..."

"Eterne, mia timemulo, eterne!"

"Ĉu vi ĵuras tion al mi, Halino?"

"Sed jes, karulo, milfoje, se vi deziras..."

"Halino, ni neniam disiĝos!"

"Neniam, neniam, Ernesto..."

"Sed restos eterne kune, ci... mia karulino!"

"Aĥ, Ernesto, ne turmentu min plu per tiaj aferoj... sed amu min!"

Kaj denove ni kisis nin longe, pasiege...

"Ernesto, mia kara, karega, mi povus manĝi cin pro amo..."

Hieraŭ tio okazis. Al mi ŝajnas ĉio kiel songo. Sed ĉio ja fakte okazis. Kaj ĵus tiu songo estis por mi dolĉa, dolĉega, kaj mi deziregis estadi en ĝi laŭsente... ree kaj ree senti, kion mi sentis hieraŭ vespere. Sed subite tiu songo paliĝas, perdas sian forton kaj dolĉecon kaj fariĝas malagrabla. Kaj ĉiu rememoro pri ĝi kaŭzas al mi tian strangan ĝis nun nekonitan senton de malkontentego, de premateco... tiu rememoro similas ŝtonegon, kiu metiĝas sur mian koron

— 93 —

kaj premas ĝin per tuta sia pezo... tiu rememoro haltigas mian spiron kaj minacas sufoki min... ĝi katenigas min, ne permesas, ke mi moviĝus libere...

La sorto estas senkompata. Kial mi ne sciiĝis hieraŭ, ke hodiaŭ venos Mateo... sed ĉu mi bezonas Mateon?... ĉu lia alveno havas ion komunan kun la hieraŭaj okazintaĵoj?... mi amas Erneston! Mi amas lin, kaj neniu alia forigos tiun amon... kiel feliĉa mi estis hieraŭ! Mateo ja povas veni trankvile... kaj povas resti ĉi tie... kaj...

Sed kion diros Ernesto? Mi amas lin ja... amas? Sed... sed mi ja trompas min mem, se mi tion asertas... Mi kaj Ernesto? Haha, pardonu, ke mi ridas pri tiaj seriozaj aferoj... mi kaj Ernesto! Mi ja ne amas lin tiel, kiel oni amas efektive. Mi ne scias, kiel mi tion esprimu. Kaj hieraŭ?... Nu, mi opiniis hieraŭ, ke mi amas lin... mi banis min en ebrio kaj duonsveno, ĉar mia koro soifegis al karesoj kaj kisoj... se estus alia veninta, mi same estus aminta lin tiel, kiel mi amis hieraŭ Erneston... sed tio ja estis nur trompo... nenatura iluzio... iuspeca antaŭludo... ekzerco... memsugestio!

"Ĉu vi ĵuras tion al mi, Halino?"

"Sed jes, karulo, milfoje, se vi deziras..."

La ŝtonego denove pezas sur mia koro... senmovigas min... sufokas min... aeron!... aeron!

Mi eksaltas kaj kuras en la parkon. Kaj mi vetkuregas kun la saltanta hundo kaj la bloveganta malvarma vento... aeron!

Kaj mi sentas, ke la ŝtonego forruliĝas, ke la katenoj defalas, ke mi liberiĝas... mi forskuas ĉion! La indiferento venkas iom post iom...

"Saltu, ĝoju, Karo! Hodiaŭ venos gasto, kiun mi atendis!"

Kaj denove ni vetkuras... la vento, la hundo kaj mi.

Post du horoj li jam sidos en la vagonaro!...

ĈAPITRO X

MATEO ARDO:

La vagonaro ruliĝis el la stacidoma halo. Kaj miaj pensoj
ruliĝis sur la reloj de la spirito, kiuj perdiĝas en necerta
nebulo de la estonteco.

Kiam ŝi staris sur la perono, ŝajnis al mi, ke ŝiaj okuloj
rigardas kun timo: ĉu vi revenos tia, kia vi forveturas? Kaj
mi ridetis kaj metis la manon sur ŝian vangon: ho, Zonjo,
malgranda timemulino! Kiel vi povas timi pro via karulo,
kiu forestis du jarojn kaj sama revenis?

En la angulo de la kupeo sidas homo kaj dormetas. La
gazeto, kiun li legis, kuŝas nun sur la planko. Kaj lia kapo
ete kliniĝas, kiam la vagonaro ŝanceliĝe veturas kurvon.

Mi volas turni miajn okulojn al la fenestro. Sed miaj okuloj
ne volas obei. Konstante ili rigardas la kontraŭsidanton.
Kaj iliaj rigardoj efikas, ke iom post iom io sentiĝas en
mia interno, kreskas kaj fariĝas pli kaj pli klara kaj fine...
pensiĝas.

Kiu sidis antaŭ kelkaj tagoj en sama kupea angulo de
la sama vagonaro kaj same dormis, kiel dormas ĉi tia sin-
joro?...

Mi!... Mi sidis kaj sonĝis. Kion? Ion belan: mi sidis dum
bela somera nokto en la artistejo kaj pentris. La luno rigardis
en la ĉambron, kaj en la pala lumo sidis ĉe la fenestro Zonjo
kaj montris rideton, tian misteran rideton...

Subite klare montriĝis antaŭ mia animo la sonĝo, kiun mi tiam ne povis memori. Kaj poste la luno estingiĝis subite kaj Zonjo ekploris. Pro timo, ke mi malfideliĝas al ŝi...

Kion tiu sonĝo signifis? Ĉu ne rebrilis la samaj larmoj antaŭ momento en la samaj okuloj! Kiam ŝi staris ĉe la vagono, kaj ni kisis nin adiaŭe?

Mateo!... Kial vi volas forlasi nin tiel frue? Ĉu ni ne estas sufiĉe karaj al vi? Mi timas pro vi. Kial vi tiom rapidas veturi al Nivi? Ho, kiom mi sopiros al vi kaj nombros la tagojn ĝis via reveno!

La filo forlasis la domon hejmecan maldankeme. Ĉu efektive lin logis tiom la belaĵoj naturaj de Nivi, ke lia koro artista maltrankviliĝis pro malpacienco? Aŭ ĉu ne ankaŭ io alia logis lin kaj kvazaŭ kaŝa, nekonscia magneto tiris lin al loko, en kiu insidis danĝeroj?

Danĝeroj!... Mi ekridis interne pro tiu ĉi stranga ekpenso. Danĝero pro iu virino? Sensencaĵo!...

Ĉe la stacio Valo haltas la veturilo de sinjoro Borki.

La veturigisto, maljuna viro, afable salutas kaj helpas surmeti mian kofron, en kiu troviĝas miaj pentristaj instrumentoj.

Ni veturas tra oraj grenkampoj, tra arbaroj...

La vetero pliboniĝis. La suno brilas varmege. La veturilo knaras en la sabla vojo. En la blua aero trilas alaŭdoj...

Al Nivi!... al Nivi!...

ĈAPITRO XI

HALINO BORKI:

Mateo venis!...
Kiam li surpaŝis la terasan ŝtuparon, mia koro volis
krevi pro ĝojo...

Kaj nun li estas ĉi tie...

Sed hieraŭ venis Ernesto. Ho, kiel mi malamas tiun
homon!

Tute hazarde li venis, kiam paĉjo, Mateo kaj mi promenis
tra la kampoj. Subite li staris antaŭ ni kaj kun rideto salutis
nin. Paĉjo prezentis ilin interkonatige:

"Mia najbaro sinjoro Muŝko... sinjoro Ardo, mia gasto."

Ernesto ŝajnas frapita. Lia rigardo, kiu trafas min, estas
malvarma kaj demanda. Same Mateo ŝajnas iel malagrable
tuŝita. Mi bone sentas, ke nun ili ambaŭ demandas sin, kia
rilato ekzistas inter mi kaj la "alia".

La sceno estas al mi malagrabla. Mi timiĝas pro Ernesto.
Lia mieno estas malserena. Ĵaluzo flamas el liaj okuloj. Li
antaŭsentas ion. Li estas silentema...

Mi ĝojas, ke paĉjo ne rimarkas la malagrablecon de la
situacio. Li vigle parolas pri la rikolto. Li kuntiras Erneston
en la konversacion kaj komencas paroli pri la nova salajra
kontrakto por kamparaj laboristoj...

Mi sentas min mallibera, katenita en tiu societo. Mi ne
scias, kion diri...

Ŝtele mi komparas ambaŭ unu kun la alia. Kiel sorĉe bela estas Mateo kun la longa malhela hararo, kun la serioza inteligenta vizaĝo. Kiel malbela estas Ernesto! Pala, kun maljunecaj trajtoj, kun tiu duone malica rideto, kiu konstante ludas ĉirkaŭ liaj lipoj... tiu rideto tedas, naŭzas min...

Mi paŝas inter ambaŭ kvazaŭ sur dornoplena vojo.

Tiun ĉi promenon mi neniam forgesos dum tuta mia vivo. Ĝi estis turmento. Mi ne plu memoras, kiel finiĝis tiu turmentoplena vojo, pri kio oni parolis...

Ni alvenis ĉe la domo.

Paĉjo invitas Erneston al vespermanĝo. La penso tremigas min, ke Ernesto sidos dum tuta vespero ĉe ni. Interne mi deziregas, ke Ernesto forlasu nin... sed ekstere mi devas subteni paĉjon kaj ludi petan komedion...

Ernesto ŝanceliĝas. Li rigardas min malvarme kaj malamike.

Paĉjo insistas ke li devas akcepti. Ke ili devos ankoraŭ priparoli la aferon pri la salajra kontrakto. Ke ili ludos post la vespermanĝo skaton...

Sed Ernesto skuas la kapon kaj diras kun malica rideto:

"Mi tre bedaŭras, sinjoro Borki, ke mi hodiaŭ malakceptas vian proponon. Sed mi nepre devas esti hejme, kie hodiaŭ atendas min gravaj urĝaj aferoj. Eble alian fojon mi profitos de via afabla gastemeco."

Paĉjo skuas senkomprene la kapon:

"Kompreneble, mi ne povas kaj volas vin perforti, sinjoro Muŝko. Do ĝis revido!"

Li donas al mi la manon. Mi sentas, ke ĝi tremas. En li furiozas ĵaluzo kaj kolero. Mi libere ekspiras, kiam li malaperas.

"Stranga homo, tiu Muŝko", diras paĉjo. "Nun lin atendas iaj urĝaj aferoj. Kaj kutime li estas treege 'malurĝema' homo. Mi ne komprenas lian konduton."

Sed poste li turnas sin al mi:

"Nun saltu, kuru, Halino, kaj rigardu, kiel la afero statas koncerne la vespermanĝon. Ĉar mi malsatas kiel lupo, kiu dum tri tagoj manĝis leporan piedon."

Forirante mi aŭdas, kiel ili komencas paroli pri Ernesto.

Mi estas strange maltrankvila kaj malbonhumora hodiaŭ.

Mi malamas Erneston... malamas!...

Mi ne komprenas, kiel povis okazi, ke mi kisis lin arde kaj pasie?...

Sed Mateo... ĉu mi sukcesos akiri lin?...

ĈAPITRO XII

MATEO ARDO:

Hodiaŭ mi leviĝis frumatene. Dum ĉiuj ankoraŭ dormis, mi paŝis malsupren la terasan parkon, saltis en boaton kaj remis for de la bordo, ĝis mi havis belegan elrigardon al la domo de sinjoro Borki.

Ĝi leviĝas el la parka verdaĵo, kiu malsuprenfalas laŭterase ĝis la laga bordo, kvazaŭ kastelo. Majeste ĝi elstaras el inter la arboj kaj brilata de la suno ĝi prezentas bonegan pentran motivon. La sunaj radioj oblikve trafas la malgrandajn turetojn kaj la vitraĵitan verandon brilantan el verdaĵo... kaj ĉio ĉi speguliĝas en la blua akvo de la lago, kiu etendiĝas antaŭ mi en mirinda glateco . ..

Mia artista koro ĝojas pro ĉi tiu bela bildo, kiu kaŭzas al mi ian bonan humoron. Mi komencas labori...

Sed kio okazas? Ĉu estas hazardo aŭ intenco, ke ĉiam, kiam mi rigardas la kastelon, miaj okuloj restas fiksitaj dum momento sur unu punkto, kaj mi ĉiam ektremas, kiam mi konscias tion. Kaj tiu punkto estas fenestro en la partera etaĝo, kaj malantaŭ tiu fenestro dormetas ŝi...

Mi volas pensi pri io alia. Sed mi ne sukcesas. Miaj pensoj vole nevole ĉiam revenas al ŝi...

Ĉu tio signifas, ke mi enamiĝis? Verŝajne... alie miaj pensoj nun flugus al Kastelujo hejmen kaj okupus sin pri alia persono...

Ia malagrablo sentiĝas subite, kaj mia bona humoro estas forpremata kaj flanken ŝovata per pensoj, kiuj komencas mordeti mian animon kaj mallaŭte riproĉas min, ke mi forlasis Kastelujon kaj venis ĉi tien. Sed ĉu ne estas ĉi tie vera trezorejo por mi kiel pentristo? Nur io estas, kio estas danĝera al mi. Tio estas tiu fraŭlino, kiu enamiĝis en mi kaj logas min per stranga mistera alloga forto, kiun mi ĝis nun ne trovis ĉe iu virino. Ha, dolĉa estas la danĝero, kiu al mi minacas!...

Mi ne povas forgesi la strangan hieraŭan scenon kun tiu Muŝko. Ĉu eble li havas iajn rajtojn al ŝi? Ĉu ili eble estas kaŝe gefianĉoj? Aŭ ĉu li amas kaj adoras ŝin? Ĉu mi entute rajtas enmiksi min en tiajn aferojn!...

Sed laboru, Mateo! Vi ne venis ĉi tien por havi amajn aventurojn kun belega fraŭlino, sed vi venis por krei belegajn pentraĵojn, kiuj respiros gloron kaj famon al sia kreinto...

Kaj tamen... mi pense restadas ĉe ŝi kaj vidas konstante la brilon de ŝiaj okuloj. Kiam mi hieraŭ portretis ŝin, kaj ŝi ridetante sidis antaŭ mi kaj senhalte babilis, mi sentis strangan fajron en mia animo... Kaj tiam mi havis okazon studi ŝiajn belajn vizaĝon, kapon, kolon, ŝultrojn, bruston... tiam mi konsciis, ke mi dum tuta vivo ne vidis similan virinon... kaj ŝajnis al mi, kvazaŭ ŝiaj lipoj invitis min al kiso, iliaj nigraj okuloj parolis pasie kaj ŝia brusto leviĝadis sopire... Ĉu iam mi sukcesos fiksi ŝian belecon sur la tolon?...

Kiom ŝi amas min!

Ŝi estas mia konstanta akompanantino. Dum mi serĉis hieraŭ pentrajn motivojn, ŝi vagis kun mi tra arbaroj, kampoj, herbejoj, saltis kun mi trans riveretoj, grimpis sur altaĵojn kaj penetris tra plej densa arbetaĵaro... Verdire ne decas al juna knabino vagi sola kun juna sinjoro tra kampoj kaj arbaroj. Kaj oni pripensu: eĉ kun artisto! Nin artistojn la homoj konsideras ja alispeculoj, kies ĉefa ekkonilo estas facilanimo kaj diboĉemo... Sed kiam mi hieraŭ haltante kun ŝi ĉe arbara rando atentigis ŝin pri ĉi-rilataj timetoj, ŝi ridis pri mi kaj nomis min "timemulo"...

Mi sentas strangan sopiron al ŝi. Tiu sopiro maltrankviligas min kaj malhelpas rapidan laboron. Pli kaj pli mi deziras, ke ŝi venu ĉi tien kaj sidu apud mi kaj babilu la sensencaĵojn, kiujn babilas ĉiu juna knabino... Kaj mia sopiro kreskas, forgesigas min pri ĉio, kio estis iam, kaj koncentrigas ĉiujn miajn pensojn je ŝi...

Kio estas? Mia mano, kiu tenas la penikon, ripozas jam dum minutoj, kaj miaj okuloj rigardas al tiu fenestro, en kies vitroj nun fulmas la suno. Ĉu ŝi bezonas sunon? Ĉu ŝi mem ne estas pli ol la suno? Ŝiaj radioj, kiuj fluas el la faldoj de ŝia vestaĵo, estas varmegaj kaj ardigas onin per flama fajro...

He! Laboru, Mateo! Ĉu vi jam tute forgesis, ke vi ludas kun pensoj, kiuj estas al vi malpermesitaj? Tiu ĉi ludo estas danĝera! Vi devas esti singarda!

Mi denove eklaboras.

Ĉu tio ne estas ŝia rido, kiu nun sonas tra la arbaro kaj super la lagon?

"Halo-o-o!" ŝi krias.

Tiu krio elektre trakuras min kaj forigas la atendan streĉecon, kiun kaŭzis la sopiro.

Ĉe la bordo aperas ŝia blanka bluzo. Ŝi faras al mi salutan signon per la mano kaj vokas ion, kion mi ne komprenas. Ĉu ŝi vokis min, ke mi revenu kaj kunprenu ŝin en mian boaton? Senĉese mi rigardas ŝin. Ŝi saltas en duan boaton kaj alproksimiĝas rapide remante.

Kaj subite ŝia boato puŝiĝas kontraŭ la mian tiel forte, ke mi ŝanceliĝas kaj kontraŭvole sidiĝas.

"Ho!" ŝi krias kun kompaton ŝajniganta mieno, "preskaŭ vi falis en la akvon. Mi petas pardonon, ke mia boato estas tiel malice atakema. Sed iun punon vi devas suferi, sinjoro Ardo. Tiel malĝentilan homon ankoraŭ mi ne renkontis dumvive. Vi simple forkuris de mi hodiaŭ..."

Mi ridetas kaj rigardas kun ravo ŝian pro la rapida remado ruĝiĝintan vizaĝon kaj ŝian distaŭzitan malhelan hararon...

"Kaj eĉ la manon vi ne volas doni al mi... ha, la bildon vi jam komencis. Kaj mian portreton vi daŭrigos hodiaŭ?..."

"Mi ne scias ankoraŭ precize", mi diras. "Ĉu vi tre sopiras revidi vian belecon fiksita sur la tolon? Mi dubas, ĉu mi estos kapabla fari tion laŭ via deziro kaj por via kontento. Mi efektive timas..."

"Mi scias, ke vi estas granda timemulo", ŝi ridas mokete. "Sed diru al mi, sinjoro, ĉu vi permesos al mi resti pro tio en via proksimo?"

"Certe," mi diras, "se mia timema societo estas al vi agrabla..."

Ŝi rigardas min observe, poste ŝi diras:

"Sed eble mia persono malhelpas vian laboron?"

Mi sentas, ke komenciĝas nun la ludo, kiu okazas inter geamantoj, antaŭ ol ili "intimiĝas". Tiam la homoj fariĝas infanoj kaj babilas sensencaĵojn, per kiuj ili celas provadi kaj esplori unu la alian. Per interparoloj, kiuj ŝajnas al objektiva aŭskultanto terure malsaĝaj, ili kaŝdemandas sin reciproke, incitas, moketas, koleretigas, ridas, okulĵetas, ŝercas kaj serĉas...

Dum mi denove ekprenas la paletron, ŝi eltiras el la boato bambuajn bastonojn, el kiuj, enmetante unu en la alian, ŝi formas fiŝhokan stangon.

"Mi provos, ĉu mi sukcesos kapti kelkajn fiŝojn..."

Ŝi sidiĝas en sia boato, kiu nun naĝas flanke de la mia, kaj penadas surhokigi vermon. Tio daŭras pli longan tempon, kaj kun malgranda ĝoj-ekĝemo ŝi ĵetas la hokon kun la naĝaĵo en la akvon.

Poste ŝi komencas babili pri plej diversaj aferoj.

Tiel pasas la tempo rapide.

Konstante ni alproksimiĝas pli kaj pli al iu celo, kiu nom-
iĝas: amo.

La vojo al ĝi estas interesa...

Subite mi aludas – mi mem ne scias, kiel tio okazis –
sinjoron Muŝko. Tiam ŝi eksilentas. Kaj ŝi ruĝiĝas pro io...
ĉu pro kolero?...

Suspekto kreiĝas subite en mi. Ĉu ŝi ludas kun mi falsan
ludon? Kaj amas tiun alian?...

Mi koleretas.

Se ŝi...

ĈAPITRO XIII

ERNESTO MUSKO:

Mi havas suspekton: se ŝi...
Sed estas neeble. Ankoraŭ antaŭ tri tagoj ŝi promesis, konfesis, ĵuris al mi, ke mi estas la sola, kiun ŝi amas...

Amas?

Hm, la homoj komprenas diversaĵojn sub tiu esprimo. La unu opinias, ke la amo estas plej sankta el ĉiuj aferoj en la mondo, la alia, ke amo estas simpla kontentigo de karnaj avidoj...

Kaj la tria, ha, tio estas mi, opinias la amon plej granda sensencaĵo, kiu ekzistas en la mondo, tamen nepre necesa en certaj okazoj, speciale – se ĉi tiuj okazoj estas de financa naturo...

Sed se ŝi efektive... la suspekto ne volas ĉesi.

Ŝi ĵuris eternan fidelon.

Ni konas tian aferon. Mi ne estas novulo sur la tereno de l' amo. Mi havas praktikon...

Mi malbenas ĉi tiun praktikon. Ĝi helpis subfosi mian firman pozicion, kiun mi havis ankoraŭ antaŭ unu jaro. Tian praktikon mi konsilus al neniu. Nur grandega kapitalisto povas permesi al si tiun praktikon dum pli longa tempo. Ĉar la praktiko kostas multege da mono...

Mi estas sperta koncerne la amon. Kiom da fraŭlinoj mi amis? Mi ne scias... ĉu mi povas memori la "museton, dolĉbuŝeton, sukerujeton, bluokulon, dancpiedeton" ktp., kiel ili ĉiuj sin nomis, ili ĉiuj, kiuj sukcesis elrabi min en pli moderna maniero, ol tion farus strataj rabistoj? Mi malamas tiujn inajn rabistojn, mi malamas kaj mi sentas naŭzegon... se mi povus ankoraŭfoje komenci la vivon, kiun mi vivis ankoraŭ antaŭ unu jaro?... se mi povus ankoraŭfoje...

Ha, ploraĉu kaj pentu, maljuna infano! Nun estas ja tro malfrue. Vi devis pripensi tion pli frue, kiam la tempo estis ankoraŭ konvena... sed nun?

Nun mi devas agi... kolekti ĉiujn fortojn por veni al la supraĵo de la profunda maro, kiun kreas miaj ŝuldoj! Estas plej urĝa tempo. Naĝi vi devas, maljuna knabo. Alie vi droniĝos.

Naĝi mi devas por supreniĝi, por denove spiri aeron, freŝan aeron kaj resaniĝi. Sed mi ne estas fiŝo. Mi ne scipovas naĝi... mi ne scipovas! Antaŭ du jaroj estis alie. Tiam tenis min per stango kaj ŝnuro forta mano kaj ne permesis, ke mi droniĝus. Kaj tiu mano apartenis al la banestro. Li havis fortajn brakojn, kvankam ankaŭ li staris ĝisgenue jam en la akvo. Sed li scipovis naĝi, kaj mi ne scipovis. Li instruis min konstante. Kaj mi, malsaĝulo, ne volis lerni, eĉ ne volis vidi la akvon. Vere mi estis maldiligenta lernanto. Sed la banestro pli kaj pli malfortiĝis kaj lia brako apenaŭ plu povis teni min super la akvo. Kaj mi ankoraŭ ne scipovis naĝi. Kaj iutage la brako, kiu tenis la ŝnuron, elmanigis ĝin. Bedaŭrinde tro frue, ĵus mi komencis naĝeti. Sed kiam mi sentis, ke mi liberiĝis, ke neniu forta brako plu estas super mi, mi komencis mem provadi la naĝadon. La banestro ne ekzistis plu. La banestro, kiu estis estinta mia patro, ne vivis plu. Kaj jen venis la ondoj kaj ekprenis min. Nenia kontraŭstaro helpis. Ili estis tro fortaj. Kaj ili tiris min en sian ondan turniĝon, skuis min terure... ho, ili estis efektive fortegaj, tiuj malkvietegaj ekscititaj ondoj! Nu, estis ja kompreneble... ĉar tio estis la ondoj de la vivo!...

Kaj nun mi naĝas kaj terure penadas. Sed vane!

Kie restis mia instruisto?

Li foriris kaj ne plu revenos. Tiun vi jam ne atendu! Nun montru, kion vi lernis!

Helpon! Helpon! Mi estas dronanta. Mi baraktas freneze per brakoj kaj piedoj. Mia forto pli kaj pli malgrandiĝas. La instruisto ne venas. Mi devas serĉi alian instruiston, alian banestron, kiu instruos al mi la naĝadon.

Jen venas alia instruisto. Li estas fraŭlino. Ŝi ekprenas la ŝnuron por tiri min iom post iom. Kaj mia koro pleniĝas je nova espero kaj ĝojo.

Sed jen! Halo! Kion mi vidas tra la vitraĵa akva fenestro malklare?

Jen venas laŭlonge de l' vojo homaĉo. Bela. Alloga. Bone vestita. Kun flamantaj okuloj. Li alpaŝas kaj salutas.

He, instruistino! Ĉu vi ne vidas, kiel mi devas gluti la akvon denove?

He, ĉu vi ne kompatas la baraktantan homaĵon?

He, instruistino! Ĉu vi volas sufoki min, elmanigante la stangon kun la min tenanta ŝnuro? He, diru al mi, ĉu vi freneziĝis?

Sed ŝi ne aŭdas min. Ne volas aŭdi min, ĉu mi scias? Eble mi jam tro subakviĝis? Tiel ke mia voĉo ne plu penetras ĝis la aero, sed perliĝas en onderoj... en arĝentaj onderoj.

Hm, se ĉi tiuj onderoj estus efektive arĝentaj? Kiom oni pagas hodiaŭ por arĝento? La kurzo estas alta, ŝajnas al mi. Se oni povus ŝanĝi la tutan arĝenton je monaj biletoj...

Diable, kial la instruistino ne plu tenas la ŝnuron? La akvo ondiĝas super mia kapo kaj eniĝas muĝante en miajn orelojn. Kaj mi baraktas kun malespera ekscito, malfermegas la buŝon kiel karpego kaj ĉiufoje elvomas aerajn veziketojn...

Gluk, gluk, gluk...

Ha, kiel la onderoj perliĝas brile, arĝente! Por tia arĝento oni ricevus multege da mono sendube... kiel mi malfermas la buŝon vaste kvazaŭ karpego kaj volas regluti la elvomitan arĝenton!

Kurioza aspekto!...

Diable, kaj la fraŭlino? Ŝia brako ne plu tenas la stangon. Kial? Simpla afero!...

Ĉu vi ne vidas, ke la brako havas alian okupon ? Ĉu vi ne vidas, ke ĝi devas ĉirkaŭpreni kaj premi la kolon de tiu homaĉo?

Kiel li rikanas kontente!...

Kaj ili ne helpas min. Ili traktas min kiel flankaĵon. Ili ridas pri la baraktanta homaĵo kaj ĝuas ĝian agonian eksciton. Mi estas por ili amuza ludilo, ridiga tempopasigilo... Ho, mia instruistino malfideliĝis!

Kion signifas hodiaŭ amaj promesoj kaj ĵuroj? Kial oni donas ilin solene? Kiam venas alia, pli konvena, oni forgesas ilin rapide...

Kaj mi estis tiel malsaĝa kaj konfidema... malgraŭ mia longjara praktiko! Sed ĉu mi povis antaŭvidi, ke venos tiu homaĉo?... Tiu pentrulo...

Sed eble mi eraras kaj turmentas mian cerbon per malĝustaj supozoj. Per propraj okuloj mi devos konstati, ĉu miaj supozoj praviĝos . ..

Io gratetas mian manon kaj rampas. Ĝi tiklas mian manon. Ĉu estas haretoj?...

Mi rigardas.

Estas raŭpo, kiu rampas, verda raŭpa besteto falinta de ie... de kie? De tiu verda folio, kiu moviĝas antaŭ mi, aŭ de tiu, kiu troviĝas apud mi, super mi, post mi... ĉie estas verdaj folioj. Ili ĉirkaŭas min densege unu apud la alia.

Mi sidas en la verda kaŝejo kaj rigardas. Antaŭ mi klinetas sin kanoj tien kaj reen, riverencas senĉese antaŭ mi. Mi komprenas ilin, mi aŭdas ilin malgraŭ ilia muteco dirantaj: Ni aprobas viajn intencojn, sinjoro Muŝko. Ni nepre ilin aprobas, kaj estu certa, ke ni estas viaj plej humilaj servantoj. Se vi ordonos, ni kaŝos vin kontraŭ malamikaj rigardoj.

Malamikaj rigardoj? Kiaj rigardoj povus esti malamikaj al mi... se ne iliaj, la rigardoj de tiuj du homoj, kiuj veturas tie sur la lago en ŝipeto...

Tre bela bildo. Tiu pentrulo devus sidi ĉi tie kun sia peniko anstataŭ mi. Kaj mi tie en la ŝipeto kun ŝi. Li ja venis por pentri. Estus do plej bona okazo nun. Sed anstataŭ pentri li sidas en la boato kun fraŭlino kaj remas. Kaj sidas kontraŭe, kaj ambaŭ ili ridetas... ridetas pri mi, malsaĝulo, kiu sidas en la arbetaĵo kaŝita kaj observas, ĉu ili... ĉu ili... kion? nu, mi mem ne scias, pro kio mi sidas, kion mi atendas...

Kaj nun estas hejme tiom da laboro. La inspektoro malbenos min, ke nun dum la rikolto mi kuras ien... ien for.

Kion, diru al mi, kara inspektoro, kion signifas por mi la rikolto? Mi havas pli gravajn zorgojn ol la rikolton. Mi devis forkuri al Nivi, kie decidiĝas gravega afero, pri kiu mi devas esti bone informita. Ĉar de ĝi dependas multego... Pro tio mi devis rapidi kaj devis forlasi mian bienon. Vi malbenas, inspektoro? Vi insultas min pro mia malintereso, kiun mi ŝajne montras por mia bieno? Se vi scius, ke mi forkuris nur por eventuale savi la bienon, al kiu minacas bankroto... Sed kaptu diablo la tutan inspektoron kaj la tutan bienon! Kaj vere, li kaptos ilin ankoraŭ foje... eble baldaŭ.

Ha, ĉu vi ne sentas, ke li kaŭras malantaŭ mi kaj atendas la momenton, kiam li povos eksalti, ekpreni mian nukon kaj doni al mi puŝegon... ke mi tuj falos en la bluaĵon, kiu etendiĝas antaŭ mi, kaj sur kiu ili glitas, ili, la pentrulo kun ŝi...

Li ja nur atendas la momenton, kiam ili... kaj mi atendas, ĝis ili... diable, kion?

"Kisos sin! Kisos sin!" flustras la kanoj antaŭ mi kaj klinetas sin. Sendube ili mokas pri mi, tiuj kanoj...

Sed flanken, mokuloj! Vi baras al mi la liberan elrigardon. La elrigardon al tiuj du homoj, kiuj verdire ne indas mian rigardon. Kaj ili sentas tion klare. Ha, kiel rapide ili preterpasas kaj kaŝas sin malantaŭ la kanaron... ili ne indas mian rigardon, kaj pro tio ilia boato rompante kaj disigante la kanojn penetras en iun densaĵon, kiu konservas ilin nevideblaj...

Kion ili volas tie? Kaŝi sin pro miaj scivolaj rigardoj. Mi devas efektive konfesi, ke mi estas iomete maldiskreta kaj scivola. Ili ja volas esti solaj, tute ne ĝenataj de aliaj homoj. Kaj la kanoj, tiuj malbeninduloj, estas iliaj helpantoj. Ĉar ili kaŝas ilin bonege.

Kial vi sidas ankoraŭ ĉi tie, sinjoro Muŝko? Nenion vi vidas, nenion vi aŭdas pri ili...

La suno brilas en mian vizaĝon, subirante en purpuraj koloroj. Paco regas en la naturo. Kviete kuŝas antaŭ mi la blua glataĵo de la lago, kaj super mi murmuras la arbaro mallaŭte, kaj la folietoj de la verdaj arbetaĵoj tuŝas miajn orelojn kaj vangojn en konsola kareso...

Sed tiu kvieta harmonio en la naturo, kiu vespere kreas atmosferon plenigitan je amaj sopiroj, ekscitas min. Estas mokado pri mi, en kies interno ventegas ĵaluza kolero. Kaj tiun koleron flamigas la konscio pri mia propra senforto, pri mia sensenca sidado...

Kaj nun venas malgrandaj bestetoj por turmenti min kaj suĉi mian sangon... La kuloj suĉas ĝin avide, senkompate, kaj ĝi bongustas al ili, malgraŭ ke ĝi jam estas malpura kaj malsana.

Iru, iru for, malgrandaj turmentuloj! Vi frenezigos min per via doloriga pikado. Iru alien! Zumu al aliaj oreloj viajn akrajn pikmelodiojn, kiuj tranĉas miajn nervojn kvazaŭ razaj tranĉiloj. Sonigu viajn atakajn kantojn al tiuj du homoj, kiuj jen sidas kontraŭe kaŝitaj inter la kanoj... Ho, se mi povus vin kolekti, vin ĉiujn, kiuj flugetas nun ĉe la bordoj de la lago en la ruĝaj sunaj radioj, kaj se mi povus sendi vin, grandegan armeon de pikistaj flugsoldatetoj, kontraŭ tiujn du!... Turmenti vi devus ilin dolore kaj enmeti en ilian malĉastan karnon viajn pikilojn!... ĉar tion ili ambaŭ meritas...

Mi bruligas cigaredon por forpeli tiujn trudemajn bestetojn...

Kaj dum la fumo leviĝas inter la foliaro malrapideme, kaj dum miaj pensoj pli kaj pli malrapidiĝas kaj en akorda malrapidemo malfluiĝas en apatia mensglaciiĝo, kaj dum miaj membroj rigidiĝas pro la senmova sidado... la suno kaŝiĝas malantaŭ la arboj, kaj krepuskaj nebuloj kvazaŭ noktaj ŝtelistoj alrampas el la arbaro kaj vualas la naturon per mistera grizaĵo...

Mi volas leviĝi, iri hejmen... kion mi volas ĉi tie? Sed mi ne sukcesas movi min, fari ion. Mi estas katenita, sidas en malliberejo, kaj la min ĉirkaŭantaj densaj arbetaĵoj estas la muroj de mia ĉelo. Kaj ili ŝlosis min en ĝin kaj ne permesas, ke mi irus hejmen... ili ambaŭ! Mi estas ilia kaptito, kaj pacience mi devas atendi, kion ili decidos pri mi. Ha, mi ja scias, ke ili decidos mian morton... mian financan kaj moralan morton!...

Sur la akva glataĵo plaŭdas fiŝetoj de tempo al tempo kaj kreas grandiĝantajn ondrondojn, kaj el malproksime aŭdiĝas kvakado de rano...

La kanoj denove komencas klineti la kapojn, kaj super mi ekmurmuras la arboj...

Kaj subite la kanoj komencas paroleti inter si...

Unu klinas sin al alia... unu paroletas al la alia, kaj tiu pludiras, kion ĝi aŭdis...

Mi vekiĝas el mia apatia rigido kaj aŭskultas atente:

"Ili sidas en la boato unu apud la alia, kaj li metas sur ŝian nukon sian brakon..."

Mi ekscitiĝas subite...

Kion vi babilas, vi kanaj ruzuloj? Vi aŭdis ĝin de tiuj, kiuj staras ĉe la boato kaj rigardas, kio okazas?

Parolu, rakontu, kion vi vidas...

Kaj pli vigle kliniĝas la kanoj, pli laŭte paroletas kaj telegrafas:

"Ŝi sidas sur liaj genuoj kun brilaj okuloj kaj ardantaj vangoj kaj kisas lin kun terura pasio..."

Mia mano pugniĝas, kaj jaluza fajro flamiĝas en mia interno... Strangoli mi povas tiun pentrulon!... Sed ĉu la kanoj ne mensogas kaj trompas min? Sed aŭskultu, kion ili plu telegrafos al mi...

Sed ili silentas kaj flustras nun tiel mallaŭte, ke estas neeble al mi ion kompreni...

Kaj la grizaj vualoj iom post iom rerampas kaj sidiĝas inter la kanaro kaj en la arbaro... arĝenta lumo forpelis ilin, kiu ĵus penetras tra la verd-grizaĵo...

Kaj jen nova telegrafondo alruliĝas! La kanoj kliniĝas kaj diras:

"Ili kisas, ampremas sin... kaj ŝercas kaj mokas pri vi, sinjoro Muŝko!..."

Senvole mi klinas mian kapon pli antaŭen, kaj miaj ardantaj okuloj fikse rigardas al la loko, kie troviĝas ilia boato... mi tremas tutkorpe pro furiozo senforta, kaj ŝvito perliĝas sur mia frunto...

Sed nun aŭdiĝas mallaŭta plaŭdado de remilo kaj bru-etado de rompataj kanoj... kaj malrapide ŝoviĝas el la kaŝejo nigraĵo...

La boato! En ĝi vidiĝas du siluetoj... ŝi kaj li.

Kio premas min subite surbruste?... Kion mi metis en mian brustan poŝon!... Ha! estas mia malgranda amiko, kiu maltrankviliĝas subite. Mi elprenas ĝin, rigardas ĝin dum momento kaj pripensas... se mi nun volus, mi povus tre bone trafi tiun pentrulon. Unu malgranda ekpafo el mia revolvero sufiĉus, por subakvigi por ĉiam mian konkuranton, kiu tie sidas remante kaj suspektas nenion... kaj mi estus libera! Ne, mi volas atendi ankoraŭ. Trankviliĝu, mia amiko, kaj enposiĝu denove!...

La boato jam preterpasis kaj ili jam eliris...

Mi leviĝas kaj ŝteliras tra la parko hejmen... ĉu iu min vidis?

Mi paŝas tra la nigra arbaro kaj tra la kampoj al mia domo...

Laco kuŝas en miaj membroj, kaj paraliza senpenseco ekregas mian menson kaj premas min...

Mia fratino atendas kun la vespermanĝo. Silente mi sidiĝas ĉe la tablo kaj perforte engorĝigas iun manĝaĵon...

"Hodiaŭ telefonis la najbaro sinjoro Rifont kaj memorigis, ke vi pagu al li la siatempe aĉetitajn ĉevalojn", ŝi diras.

"Hm, hm," mi respondas, "li povas ankoraŭ atendi."

"Poste estis ĉi tie iu homo de la maŝinfabriko en Kastelujo kaj diris, ke vi nepre pagu la fakturon koncerne riparon de la draŝmaŝino, alie li trovos rimedon por emigi vin..."

"Kion?" mi ekkrias kolere.

"Ankoraŭ alia estis ĉi tie pro afero, kiu ankoraŭ ne estas pagita. Estis tre granda sumo, ŝajnas al mi," ŝi daŭrigas trankvile, "vi devos reguligi ĉion plej baldaŭ, Ernesto, ĉiutage iu venas..."

"Sed lasu min en paco kun tiaj tedaĵoj!" mi ekkrias denove, "estas mia afero, kiam mi reguligos la aferojn, ĉu vi komprenas?!..."

Mi ĵetegas la tranĉilon kaj forkon sur la teleron, ke ĝi rompiĝas, mi eksaltas, ĵetas la buŝtukon sur la plankon kaj forlasas la ĉambron...

La pordo malantaŭ mi tondre fermiĝas...

Mi riglas mian ĉambron kaj faligas min sur la sofon...

ĈAPITRO XIV

ERNESTO MUSKO:

Mi fikse rigardas en la mallumon. Gigantaj bulaĵoj alruliĝas malrapide en senfina grizaĵo. Kaj nigraj distaŭzitaj nebululoj ŝtelvagas ĉirkaŭ la domo.

Jes, mia kara Muŝko, ili kaptos vin, via afero estas finita...

La malseketa vitra plataĵo malvarmige premas mian frunton kaj karesas miajn varmegajn vangojn. Kaj la vento sibletas ĉirkaŭ la domo, dispelas la trudemajn nebulajn vagulojn kaj kantas kun malĝoje ĝemanta voĉeto:

Diabla virino ŝi estas... ŝia koro estas malmola kiel ŝtono... ŝiaj okuloj fajreras malestiman mokegon... ŝiaj lipoj ridetas fiere kaj malvarmete... kaj vi... vi disfluiĝas antaŭ ŝi en neniaĵon...

Kaj vi estis granda malsaĝulo. Kial vi saltis sur la tolon, sinjoreto? Venis tiu pentrulo kaj ekprenis grandan penikon, trempis ĝin en dikan cinabron kaj dum unu tago superpentris vin, malaperigis vin de la tolaĵo per dika pentra cinabra gluaĵo kaj sur vi li formis alian vizaĝon... li simple forpenikis vin, kaj vi ne povis eĉ kontraŭstareti... kaj li ridis pri via senlima malsaĝo kaj infana senhelpo.

Kaj ŝi? Ŝi neniel protestis, sed kruele ĝuis vian mortgrimacitan vizaĝon. Ŝi miksis al tiu pentrulo la diversajn kolorojn... kaj komune ili fikse premis vin al la tola muro, kie vi nun gluiĝas senmove... ili komune vin "mortpenikis"!

Kaj neniu plu sukcesos forskrapi tiun cinabran gluaĵon. Ĝi estas tro dika kaj tro malmola. Krom tio ili ne permesus, ke iu povus forskrapi tion, kion la dika peniko de la pentrulo kreis... Forĵetu ĉian esperon kaj forgesu ĉion, kio okazis kaj kion vi kuraĝis esperi!

Silente mi aŭskultas la mallaŭtan konsolon de la vento, sed miaj lipoj murmuras:

Kiel mi povas forgesi tion, kio signifis por mi vivo kaj ĝojo? Ĉu fakte mi ploraĉas pro amo trompita, kiel ploras juna knabino, al kiu unuafoje ŝia amato malfideliĝis? Mi ne konas tian amon, ke mi povus plori pro ĝia perdiĝo. Tro multe mi amis jam en la vivo. Sed de tiu amo dependis pli ol simpla kisado kaj kontentigo de amaj avidoj. De tiu amo dependis mi kun mia tuta havaĵo. Jes, nur ĉe fadeno pendis mia vivo kaj mia espero, pendis mia bieno, mia brutaro, mia domaro. Kaj mi konsideris ĉi tiun fadenon jam forta. Ĉu mi povis scii, ke tiu fadeno apartenis al la fadenaro de aranea reto, al kiu mi pendigis min, esperante, ke mi sukcesos suprentiri min per tiu fadeno, kiun mi kaptis. Ĉu mi povis supozi, ke tiun fadenon faris kruela araneo – malica virino? La fadeno estas disŝirita, kaj mi falas en teruran abismon... falas, faladas pli kaj pli rapide...

Sed kiel vi povis perdi tian virinon, vi, kiu posedis dum via vivo pli ol cent da tiaj homaj estaĵoj? Vi ne sukcesis en la batalo pri la koro de tiu virino, vi, kiu aŭdis pli ol centfoje la pasian batadon de aliaj koroj?...

Ha! La batalo pri la koro. Vi erarparolis. Pri la oro, vi volis diri. Pri la oro de tiu virino! La oro, per kiu mi volis fandi longan ŝtupetaron, sur kiu mi povus suprenpaŝi el la abismo. La oro, kiun mi metus en miajn brutarejojn, kiuj nun oscedas en malĝoja malpleneco! La oro, per kiu mi plenŝtopus la buŝegojn de miaj kreditoroj, ke ili silentus por ĉiam! La oro, la oro!... La tintantaj moneroj, per kiuj mi aranĝus post longa tempo en mia domo mirindan koncerton de feliĉa liberiĝo... la fulmantaj moneroj, kies freŝigajn brilojn mi trinkus soife kaj ĝuege!...

La oro! la oro!...

Kial oni ne povus akiri la oron sen la koro? La koro apartenas al la oro – aŭ inverse. Kaj ambaŭ oni ne povas disigi. Kaj ĉar mi ne akiris la koron, mi perdis la oron. Kaj kulpa estas nur tiu Mateo Ardo!... Mi malamas tiun homon! Mi malamas tiun virinon! Mi malamas ĉiujn virinojn, ĉar ĉiuj ili estas malveraj kaj perfidaj: hodiaŭ tiun, morgaŭ alian!

Mi volis reakiri ŝin hodiaŭ, kiam mi ŝtelatendis ŝin en la parko.

Kaj kiel fulmo mi staris antaŭ ŝi. Hu, kiel ŝi tremis kaj kiel ŝiaj okuloj fiksiĝis timplene sub miaj rigardoj.

Sed mi ridetis mian kutiman rideton kaj diris:

"Bonan tagon, Halino, jam delonge ni ne vidis nin. Ĉu vi ne sopirsuferis dumtempe?"

Sed ŝi rigardis min kaj ne trovis respondon.

"Nu, kial vi ne respondas, Halino? Vi hodiaŭ montras strangan konduton. Anstataŭ ĉirkaŭpreni mian kolon kaj doni al mi kiseton, vi staras senmove kaj diras nenion."

Sed ŝi tremis kaj per ia infaneca balbutado provis trankviligi min. Iom post iom ŝi reakiris sian aplomban sintenon.

Momenton regis silento. Sed mi sentis, ke ŝi estis malvarma kaj el ŝiaj okuloj fluis malamo... ha, ĉu ne estis komprenebla? Venis alia... ĉu jam mi forgesis, kio okazis hieraŭ? Kion rakontis al mi la kanoj en tiu krepuska horo, kiu estis samsignifa kun la dekdua de mia vivo-horloĝo? Ĉu mi ne bone memoris?...

Kaj ŝi volis ludi komedion, tiu... tiu pentrulino! Ŝi volis ludi la rolon de senkulpa knabino. Ŝi volis luli min en senzorgan konvinkitecon pri sia fidela amo!...

Ĉu vi ne scias, ke staras antaŭ vi aktoro de l' vivo? Tiu aktoro ekkonus tuj vian falsan ludadon, eĉ se la hieraŭo ne ekzistus. Kaj ni volas fini tiun tedan komedion.

Kaj subite mi demandis sin:

"Diru, kion volas ĉi tie tiu alia... tiu tria?"

"Sinjoro Ardo?"

Ŝia voĉo volas esti forta kaj aplomba. Volas, sed ne kapablas. Bone mi aŭdas la tremantan tonon, kiu eliĝas el ŝia gorĝo. Sed mi daŭras demandi:

"Pro kio li venis ĉi tien?"

Ŝi levas la ŝultrojn:

"Paĉjo invitis lin, ke li pentru diversajn bildojn..."

"Hm," mi diras malrapide, "kaj li pentras tre bele kaj tre multe. Kaj vi iomete helpas lin..."

"Mi supozas."

Ŝi paliĝas iomete, ŝtelrigardas min esplore, kvazaŭ ŝi volas legi en miaj okuloj, ĉu mi ion scias pri hieraŭ...

"Precipe hieraŭ vi multe helpis lin", mi diras trankvile.

"Mi nenion scias pri tio", ŝi rediras indiferente kaj aldonas moke: "Sed vi ŝajnas esti pli bone informita, kaj se vi volas ĉagreni min per tiaj dusencaj supozoj, nia afero estas finita!"

"Halino!?"

Mi ekscitiĝas. Kion? Ŝi mokas pri mi kaj ridas... Mi ĉirkaŭpremas ŝiajn manartikojn kaj rigardas ŝin kun flamantaj okuloj.

"Do estas vera ĉio, kion mi vidis hieraŭ vespere, fia hundino!" mi eligas el inter la dentoj. "Vi amas lin, tiun pentrulon! Ĉu vi memoras, kion vi ĵuris al mi?"

Ha, tremu, malfidela estaĵo! Mi povus vin strangoli nun! Vi tion meritus. Genufleksu antaŭ mi, kiun ankoraŭ antaŭ du tagoj vi adoris kiel amaton. Nun vi tremas senhelpe kvazaŭ ŝafido en la ungegoj de furioza leono. Ha, kiel viaj okuloj fajreras malamon!...

Antaŭ mi baraktis senhelpa homaĵo, kiun mi pugnobatis en blinda furiozo. Mortbati! Mortbati mi volis tiun virinan estaĵon, kiu trompis min en malica maniero...

"Halino! Halino!"

Severa voko de sinjoro Borki aŭdiĝis, kaj mi forkuris...

Ho, kia malkuraĝulo vi estis! Ĉu vi ne povis resti kaj fini la mortan verkon, kiun vi komencis? Ĉu ne sufiĉis via sangavido leona?...

Mi manviŝas mian varmegan frunton.

Tio okazis antaŭ kelkaj horoj...

La vento denove ekĝemas kaj melankolie kantas ĉirkaŭ la domo.

Kaj la krepusko, kiu sidas en ĉambra angulo, flustras:

Via afero estas finita. Ĝi droniĝis en mi por ĉiam, kaj nenia brulanta kandelo povus retrovi la feliĉon, kiun vi tenis en viaj manoj... bedaŭrinde malforte! Sed mi volas kompati vin. Mi volas akcepti vin kaj premi vin al mia nigra brusto, ĉe kiu vi trovos senzorgan ripozon. Mi estos bona patrino al vi. Eterne vi restos en mi...

Kaj la nebululoj, grandegaj ombruloj, rampas kaj rampas. Ŝtele kaj kaŝe ili alproksimiĝas. Jam ili estas sub mia fenestro.

Ha, mi konas vin, ombruloj! Mi konas viajn kaŝajn intencojn. Logi vi volas min, ke mi iru kun vi. Vi volas eltiri min perforte, se mi ne iros libervole. Vi ĉirkaŭas min kvazaŭ noktaj serpentoj kaj atendas avide la momenton, kiam mi perdos mian forton por kontraŭstari...

Sed la krepusko alrampas el ĉambra angulo kaj kun malvarmeta spireto tuŝas miajn ardantajn vangojn:

Trankviliĝu, sinjoro Muŝko! Ili estas viaj amikoj. Ili helpas vin. Iliaj intencoj estas plej bonaj. Trankvile vi povas havi konfidon.

Kio premas min surbruste? En mia brusta poŝo maltrankviliĝas io kaj volas elsalti. Mi metas mian tremantan manon en la poŝon kaj eltiras la saltantaĵon.

"Mia malgranda amiko", murmuras miaj lipoj. "Vi memorigas min duan fojon. Hieraŭ mi sukcesis trankviligi vin, sed hodiaŭ vi estas pli ekscitita kaj malpacienca. Vi estas pli bona ol ĉiuj homoj. Via ronda malgranda buŝeto alportas eternan trankvilon. Unu malgranda ekkrio sufiĉas por liberigi min de ĉio... ĉio, kio nun vagas ĉirkaŭ mi kaj penadas turmenti min. Ĉu mi meritas tiajn kruelajn turmentojn? Mia vivo ne taŭgis multe. Mi vivis kaj elspezadis, mi ĝuis kaj diboĉis kaj nun... mi estas malriĉulo kaj almozpetanto. Sed ĉu estas mia kulpo, ke tiel okazis?! La virinoj rabis mian tutan havaĵon. Ili sukcesis en ruza maniero ruinigi min. Kaj kiam mi esperis de virino savon kaj liberecon, ŝi trompis min, kiel trompis min ĉiuj aliaj. La virino, tiu kruela homaĉo! Ĉie kaj ĉiam la virino estas la serpento, kiu mortigas la viron per mortiga ekmordo! La virinon oni devus malaperigi, dronigi, pendigi... ĉar la virino estas parazito de la homaro! Ŝi estas la kaŭzo de ĉia malbono sur la tero..."

La malvarmiga vitroplataĵo premas mian varmegan frunton. Miaj okuloj rigardegas konstante la noktajn vagulojn, kaj ia febro skuas min. Kaj la krepusko ne ĉesas flustri malantaŭ mia dorso, kaj la vento ne ĉesas ĝemi ĉirkaŭ la domo.

Pripensu, sinjoro Muŝko! Unu solvo de via tuta malfacila vivproblemo restas. Kaj tiu solvo konsistas en ekkrio el la ronda buŝeto de la malgranda amiko, kiu tremetas pro malpacienco en via mano. Nenia risko ekzistas. Kion diros la aliaj homoj? Ĉu vi timas ilian opinion? Ha, ĉu efektive vi kredas, ke iu verŝos larmon pro vi?

Malvarma ŝvito kovras mian frunton. La pensoj, kiuj trakuras mian cerbon kvazaŭ elektraj onderoj, paralizas mian korpon kaj batigas la koron kiel martelon. Mia koro volas rompi mian bruston. Mia koro, kiun mi ĉiam trompis enflustrante nenaturan falsan amon, nun malpacienciĝas. Mia koro neniam amis. Ĝi devis cedi al la avidoj de l' korpo kaj devis kontentiĝi pri la trompaj flustroj, kiujn ĝi fidis. La korpo triumfis, kiu nun en la decida momento paraliziĝas senforte...

Se mi trankviligus mian koron per unu ekpafo? Mia malgranda amiko pli kaj pli ekscitiĝas, sed mia mano, kiu rigide kuŝas sur la fenestra breto, ne volas leviĝi. Mi sentas la tremetadon de mia amiketo inter la fingroj...

Ĉu mi devas elekti tian solvon? Ĉu vere ne ekzistas plu alia solvo?

La amiketo estas forta kaj scias magie influi min. Mi estas senforta kontraŭ li. Kaj li volas triumfi pri mia kadavro. Ĉu mi ne estas jam kadavro, apenaŭ vivanta? Sed mi timas mian amiketon. Mi ankoraŭ ne volas malaperi... mi estas ankoraŭ juna... vivi, vivi mi volas!...

Sed la ombruloj vagas kaj atendas. Ili volas ĉirkaŭpreni min per siaj longaj nigraj brakegoj kaj tiri min en sian ombran landon, de kie ne plu ekzistas reveno... Kaj la krepusko kaŭras malantaŭ mi kaj ŝtelatendas, ĝis kiam ĝi povos engluti min en sian buŝegon, kiu nigre oscedas avide...

Englutu lin, nigra bestego! Sed min lasu en paco! Jen vi havas mian amiketon...

Kaj mi ĵetas la malgrandan trudemulon en la oscedantan buŝegon...

Puf!... kiel li ekkrias krake? Ha, vi volis per tiu ekkrio solvi la problemon de mia vivo? Kaj mi estis tamen pli forta...

La pordo malfermiĝas, mi aŭdas la kraketadon de turn-ata elektra kontakto. La ĉambro heliĝas subite. Mi sidas senmove. Mi ne turniĝas.

"Sinjora moŝto! Kio okazis?"

Apud mi staras Johano. Lia vizaĝo estas blanka kiel lia hararo. Liaj maljunaj kruroj tremas. Apenaŭ ili portas la maljunan viron. Liaj vastaj okuloj rigardas min fikse, kvazaŭ ili apartenas al figuro el vaksfigura kabineto. Kaj liaj brakoj ambaŭflanke pendas malsupren, kvazaŭ ili estas arte faritaj.

Lia malgrasa osta mano etendiĝas malrapide kaj tuŝas mian brakon.

"Sinjora moŝto?" murmuras liaj lipoj mallaŭte.

Sed mi ne aŭdas lin. Miaj pensoj kaj rigardoj vagas en la nigraĵon, kiu etendiĝas malantaŭ la vitro.

"Sinjora moŝto!" li ripetas pli laŭte kaj timeme kaj skuas mian brakon.

Mi turnas miajn okulojn al lia blanka vizaĝo kaj diras:

"Johano, pro kio vi venis?"

"Sed... sed la pafo," li balbutas ekscitite, "la pafo! Mia Dio, mi jam pensis, ke okazis ia malfeliĉa akcidento..."

Mi mantuŝetas mian ŝvitkovritan frunton kaj kvazaŭ vekite el profunda dormo demandas:

"Pafo? Vi diras pafo, Johano?"

Li rigardas min, kiel oni rigardas frenezulon, kaj montras sur la plankon:

"Jen, sinjora moŝto!"

"Aĥ, la revolvero..." mi diras kaj ekridetas, "ne, ne, trankviliĝu, Johano. Ĝi... ĝi falis hazarde el mia poŝo kaj ekpafis, ĉu vi komprenas? Timu nenion! Kaj nun iru! Mi volas resti sola..."

Kaj mi kviete ŝovetas la maljunan serviston malantaŭ la pordon.

Mi ĝojas, ke la krepusko forkuris el la angulo. Sed mi restis. Se mi nun ne ekzistus plu? Estus multe pli bone. Pro kio mi forĵetis mian amiketon sur la plankon? Pro kio mi traktis tiel malestime tiun, kiu volis liberigi min de ĉia turmento? Ho, malkuraĝa mi estis...

Mi restis. Kaj restis ĉiuj zorgoj, kiuj denove komencas turmenti min senlace kaj kruele.

Mi paŝas en la ĉambro ekscitite tien kaj reen.

Trovi solvon mi devas. Unu solvon, kiu estis plej bona, mi forĵetis. Nun mi devas serĉi alian. Sed tamen, ĉu ne estas plej bone, ke mi elektos tiun unuan solvon?...

Mi haltas antaŭ la skribtablo. Tie kuŝas miaj zorgoj: admonoj, petoj, ordonoj, minacoj... kaj ĉio pro la oro, kiun mi ne sukcesis akiri! Tie kuŝas miaj paperigitaj turmentuloj! Kaj ili amasiĝas de tago al tago. Ili alruliĝas kvazaŭ rivero, kaj mi ne trovas rimedon, por haltigi tiun riveron... se mi nur scius, kiamaniere mi trovos solvon...

Kaj denove mi paŝas maltrankvile...

Subite mi haltas. Miaj rigardoj ekpendas ĉe la forno. Kontenta rideto ekludas ĉirkaŭ miaj lipoj. Mi tremas pro ĝoja espero.

Kiu tie ŝtele elmetas sian kapeton el inter forno kaj muro? Kiu rigardas min tiel karese kaj petole?...

Ha, estas mia bona amiko, kiu kuŝas tie kun plenigita ronda vitroventro. Li havas vitran buŝon... tiel dolĉan rondan buŝeton, ho, kisi mi povus ĝin! Strange, ke ĉiuj miaj amikoj estas rondbuŝuloj...

Ernesto – flustras lia buŝeto – Ernesto, vi nur bezonas forpreni el mia buŝeto la korkan ŝtopilon, kaj vi estas trovinta la solvon, kiun vi serĉas. Ĝoju, ĝoju! Nun viaj turmentoj finiĝos, ĉar mi estas potenca. Mi forverŝos ĉiujn viajn zorgojn, mi dronigos ilin, kaj mi enverŝos en vin dolĉan forgeson! Kaj la forgeso kreos en vi feliĉan kontenton kaj novan vivenergion!

Kun ravo mi aŭskultas lian flustradon, kiu sonas en miaj oreloj kvazaŭ dolĉa muziko. Mia mano tremante ekprenas la kolon de mia amiko.

Fi!... Kiel malpura vi estas. Nigra polvo kuŝas sur vi kaj kreas malpuran vestaĵon. Kaj araneoj rampis sur vian dikan ventron kaj teksis siajn retojn, kiuj ĉirkaŭas vin, kvazaŭ katenoj. Hontu, malpura nigrulo! Pro kio vi sidiĝis en tian malpuran sidejon? Pro kio vi puŝiĝis inter forno kaj muro? Sed atendu momenton! Johano purigos vin.

Mi remetas la nigran vitrulon malantaŭ la fornon kaj sonorigas. Johano aperas.

"Johano, rigardu tien!"

Li laŭrigardas mian montrantan manon. Li tremas kaj balbutas:

"Mi ne faris ĝin. Dio atestos, ke mi ne trinkas alkoholon. Sed Andreo, tiu drinkulo, verŝajne kaŝis tiun botelon, kiam li servis ĉetable lastfoje, kiam estis ĉi tie la granda pelĉasado. Poste li volis en okaza momento preni la botelon kaj ĝui la bonan konjakon. Sed mi estas senkulpa..."

La sensenca babilado de la maljunulo enuigas min.

"Purigu lin!" mi ordonas.

La maljunulo direktas siajn demandajn okulojn sur min kaj ripetas senkomprene:

"Lin aŭ ĝin – tute egale," mi diras ĉagrenite, "sed rapidu!"

La servisto malaperas kaj reaperas post minuto.

"Ĉu via sinjora moŝto deziras trinki ĝin?"

"Konservu viajn malsaĝajn demandojn por alia tempo!" mi diras kaj krias: "Alportu la korktirilon! Kuru, kuru, maljuna ĉevalo!"

Li faras, kion mi ordonas, kaj forlasas min.

Mi plenverŝas la glaseton, kiun li starigis sur la tablon, kaj eltrinkas ĝin per unu ekgluto.

Ha!... Kiel varmege ĝi kuras malsupren tra mia gorĝo! Nova energio fluas tra miaj vejnoj. Ankoraŭ unu gluton... ankoraŭ du...

He! Verŝu, verŝu, malgranda vitrulo! Tra via ronda buŝeto elventrigu ĉion, kion vi enhavas. Ho, ho, kiel dika kaj ronda estas via ventreto. Kiel ĝi brilas pro pureco! Vi ne volas verŝi? Vi devas. Se mia dekstra mano klinas vin kaj premas vian vitran ventron, vi tuj obeas. Kaj sub mia premo ŝprucigas via buŝeto kiel malgranda fontano. Kiel plena ankoraŭ estas via ventro! Mi tute ne sukcesas per la glaseto. Mi ja ridindiĝas pro ĝia malgrandeco. Tiamaniere la afero neniam progresos. Ni aranĝos ĝin laŭ la senpera metodo. Vi verŝos rekte en mian gorĝon...

Mi sidiĝas. La varmega fluo penetras tra mia tuta korpo, supreniĝas de la piedoj ĝis la kapo kaj arde flamigas min...

La vitra dikventrulo staras antaŭ mi kaj alridetas min: Nu, kiel vi fartas, amiko? Ĉu ankoraŭ unu gluto ne estus trinkinda?

Li ne permesas al mi, ke mi ĉesus trinki, tiu malgranda vitrulo! Li spirdikigas sian rondan ventron, kvazaŭ li volas diri per tio: rigardu nur, kiom tie ankoraŭ enestas!

En tiu momento iu frapas mian pordon.

Post mia "eniru" enpaŝas juna sinjoro. Li portas sub la brako bluan aktujon. Lia konduto estas reteniĝema, preskaŭ malkuraĝeta. Liaj okuloj ĵetas mallongan rigardon sur min kaj poste ekpendas ĉe la tablo, sur kiu staras la botelo.

"Ĉu mi malhelpas?"

Lia mallonga demando vibras malaplombe en la silenton, kiu regas en la ĉambro.

"Venu pli proksimen!" mi diras mallonge. Mia voĉo sonas ordone. Mi faras malgravetan manmovon al seĝo. "Sidiĝu!"

Mia sidpropono ankoraŭ pligrandigas lian malaplombon. Sed li ne kuraĝas kontraŭstari.

"Se eble hodiaŭ ne estus agrable al vi...", li diras ŝanceliĝe kaj ĵetas rigardon sur la tablon.

Mi rigardas lin fikse... Kaj ju pli longe mi rigardas lin, des pli kreskas mia miro kaj la konvinko: la homo, kiu sidas ĉi tie antaŭ mi, estas la pentrulo, tiu Mateo Ardo! La longa nigra hararo, kiu estas alte rekombita, ne permesas ian dubon. Estas li, mia malamikego. Kion li intencas? Pro kio li venis ĉi tien en tiel malfrua horo? Kion li kaŝas en sia blua aktujo, kiun li konvulsie premtenas sub la brako? Aŭ ĉu tio ne estas li? Ĉu trompas min ia iluziaĵo, kiu naskiĝis en mia incitita fantaziego?...

Subite mi ektremas. Jen sidas mia malamikego senmove kontraŭ mi kaj rigardegas min per malvarmaj fiŝokuloj. Mi timas lin kaj samtempe ŝajnas al mi, kvazaŭ ĉiumomente devos okazi ia eksplodo. La atmosfero, kiu regas ĉirkaŭ ni, estas varmega. Ĝi estas plenigita de malamo kaj furiozo. La silentego, kiu ĉirkaŭas nin, estas nur provizora. Kaj la trankvilo, kiu kuŝas sur lia kvazaŭ ŝtoniĝinta vizaĝo, estas nenatura kaj artefarita. Kion volas tiu homo?...

Mi rifuĝas al mia amiketo, kiu ridetas sur la tablo: Kuraĝe! Ĉu vi timas tiun pentrulon, kiun per unu pugnobato vi eterne trankviligos? Unu gluto donas al vi novan forton kaj kuraĝon!

Mi malplenigas la glaseton per unu engluto kaj turnas min al li:

"Kion vi deziras?"

Kun ĝojo mi rimarkas, kiel mia malafableta ordonema voĉo malaplombigas lin.

"Koncernas la novan kontrakton", li balbutas.

"Mi nenion scias pri iu kontrakto", mi rediras.

"Sed ni ja volis priparoli ankoraŭ diversajn punktojn. La laboristoj volas havi novan salajran tarifon. Kompreneble ni devos intertrakti kun ili, alie minacas striko!..."

Li parolas kaj parolas. Li sidas antaŭ mi kvazaŭ malantaŭ nebula muro. Kaj lia voĉo sonas kvazaŭ el malproksima regiono. Mi ne atentas, kion li parolas. Miaj pensoj konfuziĝas pli kaj pli. Kion volas tiu sinjoro? Ĉu li ne estas mia malamikego, kiu kune kun tiu fraŭlino ruinigis min? Sed subite mi ektremas. Iu nomo atingis miajn orelojn kaj perforte encerbiĝis, vekis min el mia nebula dormeto.

"Kion vi diras?" mi krias. "Kie vi estis?"

Li miras pri mia konduto.

"Mi estis ĉe sinjoro Borki."

"Kaj kion vi volis fari ĉe li?"

"Mi parolis kun li pri la nova kontrakto..."

Kontrakto!... Tiu homo volas fari kun mi kontrakton. Pro kio? Pro Halino? Ha, mi komprenas... li volas solvi la aferon per kontrakto...

Mi leviĝas. Hop! Li maltrankviliĝas antaŭ mi kaj lia seĝo kliniĝas flanken.

"Sinjoro, ne falu!" mi diras. "Vi povus rompi la nukon. Kvankam tio estus por mi tre agrabla afero, tamen mi ne deziras ĝin al vi, ĉar mi konstatas, ke vi estas nobla homo! Nobla..."

Mi metas miajn manojn sur liajn ŝultrojn.

"Nenion timu! Mi firmtenos vin, ke vi ne falu!..."

Liaj fiŝokuloj rigardas min kun miro kaj timo.

"Sed eble alian fojon ni priparolos tion", li balbutas kaj volas levi sin de la seĝo.

"Kion? Jam vi pentas fari la kontrakton?" mi diras kun rido kaj pli forte premas liajn ŝultrojn malsupren. "Ne, mi ne permesos, ke vi forkuros. Rakontu, rakontu, kion diris sinjoro Borki!"

"Li diris, ke li konsentas pri la kontrakto..."

"Bonege, bonege!" mi krias ĝojigite. "Se li konsentas, la afero estas savita. Restas ankoraŭ nia interkonsento..."

La planko ruliĝas. Tondre! Mi devas firmteni min ĉe la skribtablo. Mi movas la manon de supre malsupren:

"Halo! Restu sidanta, amiko! Malsupren... mal, mi diras. Kuraĝe, la seĝo estas fortika. Pro kio vi jam volas forkuri? Momenton!..."

Mi iras al la pordo. Kion mi nur volis fari? Ha, ŝlosi la pordon! Bone, sed la ŝlosilo ne estas trovebla. Kaj la ŝlosila truo... ĝi estas ĉe la anso. Kaj tiu? Ĉe la alia flanko...

"Tre bone!" mi diras. "Mi ŝlosos la pordon. Neniu malhelpos nin. Trankvile ni povos priparoli la kontrakton. Kaj ankaŭ vi ne forkuros tiel facile..."

Mi turnas la ŝlosilon kaj eltiras ĝin. Mi ĝojas, ke mi nun kaptis lin. Li estas enŝlosita kiel birdo en la kaĝo. Kaj li ne povas plu forflugi. Sed se li flugus tra la fenestroj? Ha, tion li ne faros! La noktaj vaguloj, kiuj ŝtelatendas ĉirkaŭ la domo, tuj englutus lin sendube!

Mi reŝanceliĝas al mia seĝo kaj etendas mian manon al la blua aktujo.

"Donu ĝin! Mi volas vidi la kontrakton."

Li malfermas la grandan kajeron kaj metas ĝin sur la tablon.

Ciferoj dancas antaŭ miaj okuloj. Nigraj ciferoj en longaj vicoj saltas sur la blanka papero. Kapitalo! Mono! Monego! Sinjoro Muŝko, vi fariĝas riĉegulo! Hi, komprenelbe! La maljuna Borki donos al sia filino bonan doton. Kaj tiun doton ricevos vi, sinjoro Muŝko, se vi per ĉi tiu kontrakto rezignos pri Halino, kiun ricevos sinjoro Ardo.

"Bonega ideo, bonega ideo!" mi murmuras foliumante la paĝojn. "Do vi estas preta fari la kontrakton sub la kondiĉo: 'Vi ŝin — mi ĝin'?"

"Mi ne komprenas", li rediras.

Mi ridetas kaj minacetas per la montrofingro:

"Nenion ŝajnigu, amiko! 'Vi ŝin — mi ĝin' signifas: vi prenos Halinon kaj mi prenos la doton! Ĉu bone?"

Li rigardas min senkomprene.

"Sed efektive mi ne scias, kion vi volas. Temas pri kontrakto kun la laboristoj koncerne salajron, kaj mi venis por priparoli ĝin kun vi..."

"Mateo, ne parolu tiajn sensencaĵojn..."

"Mia nomo ne estas Mateo. Mi estas via inspektoro..."

Mi ekridas:

"Ha, bonege. Vi estas mia inspektoro, t. e. homo, kiu inspektas mian kapitalon..."

Subite mi fariĝas suspektema kaj krias:

"Vi ne volas? Vi volas, ke mi plu sidu en ŝlimo kaj marĉo? Vi volas ridi pri mi? Ĉu vi ne scias, ke mi havas rajtojn pri ŝi?"

Mi spiregas pro ekscito. Mi saltas antaŭen kaj metas mian manon al lia gorĝo. Mi kriegas:

"Vi ŝin — mi ĝin!"

Hu, kiel elstariĝas viaj fiŝokuloj! Kaj kiel via fiŝa buŝego kaptas aeron!...

Li stertoras konsenton. Mi liberigas lin.

"Amiko," mi diras preme spirante, "vi devas esti saĝa kaj obeema. Ne fari tiajn aferojn estonte. Trankvile ni volas fari la kontrakton."

Mi ekprenas la blankajn foliojn, kiuj kuŝas sur la tablo.

"Sed vi skribis ĝin per nigra inko, hm... tio ne sufiĉas. La kontrakto devas esti skribita ruĝe! Ĉu vi komprenas?"

Li sidas antaŭ mi, rigardas min kun tima senkompreno.

"Ruĝe! Ĉu vi komprenas?! .. ." mi krias ekscitite.

Responde li klinas la kapon.

"Komprenelbe," mi daŭrigas, "la kontrakto estas tre grava. Simpla inko ne sufiĉas. Sanga inko devas servi por tiu grava afero..."

Al la skribtablo! Eble tie mi trovos ruĝan inkon. Sed mi timas leviĝi. La ĉambro tuj komencas ŝanceliĝi. Mia amiketo, kiu ridetas sur la tablo, devas fortigi min. Mi metas lin al miaj lipoj. Mi eltrinkas la reston.

"Haha? Vi rigardas min envie, amiko!" mi turnas min al la sidanto. "Sed vi ne bezonas fortigon. Ĉar vi ne bezonas serĉi la ruĝan sangujon, kiu devas flui sur la papero kiel malgranda ruĝa rivero. Hi, kaj ĉiu ondo devas krei ciferon, ĉu vi komprenas? Pu! Kia varmego estas hodiaŭ!"

Mi ŝvitas kaj eltiras la naztukon por viŝi mian frunton. La ŝlosilo falas el mia poŝo sur la plankon. Mi ne priatentas ĝin. Mi devas iri al la skribtablo. Ne estos facile. Sed mi devas serĉi la sangujon, kiu kreos la mirindajn ciferojn...

Mi tenas la tablon kaj suprentiras min. Diable, ĝi ruliĝas. Furioze mi batas per la pugno sur ĝin. La amiketo forsaltas. Ha, kiel li ektimiĝis! Li ruliĝas sur la planko kun la dika ronda ventro.

"Haltigu lin!" mi krias kaj volas ĉasi ĝin. Sed la tablo pendiĝas ĉe mi kaj volas reteni min. Mi kuntiras ĝin. La glaseto ektintas. La tablo krakas teren. La blankaj folioj forflugas. Sed la ruza dikventrulo plu ruliĝas.

Mi ekprenis la brakon de la fiŝokulo kaj krias ekscitite:

"Helpu min! Helpu! Jen tiu rululo... ĉu vi vidas? Li... li volas forkuri!..."

"Trankviliĝu, sinjoro . ..", li diras kaj lia mano perforte volas reteni min.

Kion? Vi volas malhelpi min? Ĉu vi ne vidas, kiel la dikventrulo volas forkuri? Ha, li timas min. Mi rompos al li lian kavan vitran ventron... Tion li antaŭsentas. Sed mi kaptos lin, tiun sentaŭgulon!...

"Lasu min!...", mi kriegas kaj liberigas min.

Hop! Mi falas pro la tablo, kiu malice metiĝas antaŭ miaj piedoj. Mi genufleksas sur la tapiŝo. La grandaj blankaj paperoj kuŝas antaŭ mi. Kaj la nigraj ciferoj saltas sur ili kaj dancas triumfe. Mi devas kolekti la valorajn dokumentojn kaj enmeti ĉiujn zorge kaj orde en la bluan aktujon...

"He! Amiko, helpu al mi serĉi la bluan aktujon," mi krias, "la bluan aktujon, la blankan paperujon kaj ruĝan sangujon!..."

Sed li staras ĉe la pordo kaj klinas sin antaŭ la ŝlosila truo.

"Halo! Amiko, kion vi faras tie?"

"Trankviliĝu, sinjoro!" li rediras.

Mi koleriĝas. Sendube li volas forkuri. Mi devas leviĝi kaj reteni lin. Diable, ni ja devas fari ankoraŭ la kontrakton... sed la tablo retenas min. Mi ŝanceliĝas, refalas, ruliĝas... hi, hi, mi preskaŭ similas mian malgrandan amikon, kiu ankaŭ ruliĝas... kie li restis? Aha, li kuris al mia alia amiketo, kiun mi antaŭe forĵetis... kion mi nur volis fari?...

Mi ĉirkaŭrigardas en la ĉambro. Mi estas sola. Pro kio forkuris la pentrulo? Ĉu li ne volis fari la kontrakton? Mi furioziĝas. Miaj manoj ĉirkaŭpremas la seĝon. Mi tremas. Mi volas leviĝi, sed ne povas. Mi volas postkuri lin, sed miaj kruroj estas pezaj kiel plumbo kaj tiras min malsupren. Mi grincigas la dentojn pro senforta furiozego...

Kion, vi volas moki pri mi, dikventrulo? Vi estas kulpa, ke li forkuris. Sed mi punos vin. Atendu nur!

Mi rampas al li por kapti lin. Sed li plu ruliĝas kaj denove ekhaltas. Li mokas pri mi. Li ridas, ke mi ne sukcesas kapti lin. Li furiozigas min. Mi ĵetas min tutkorpe laŭlonge sur la plankon. Mi estas kato, hi, hi, kaj li estas muso. Sed la kato tamen sukcesas... Miaj fingroj metiĝas strangole ĉirkaŭ lia kolo. Mi volas premfrakasi lian ventron. Sed mia mano estas tro malforta....

Vi devas mortiĝi. Mi ĵetus vin en la oscedantan buŝegon de la krepusko. Sed tiu forkuris. Mi mortbruligos vin. Super mi flamas la lampo, kiu vin manĝegos per sia ruĝega lango. Huj, kiel ĝi etendiĝas avide al vi! Flugu, flugu, amiketo! Ĝi soifegas vin...

Ping!... Kiom tintegas via ventro! Kiel ĝi disrompiĝas milpece!...

La fajro estingiĝas subite.

Kaj nokto kaj silento ekregas.

Mi sidas surplanke kaj rigardegas.

Kaj la krepusko, kiu kaŭras en la angulo, alrampas kaj malfermegas sian buŝegon. Ĝi englutas min malrapide, dum miaj haroj stariĝas surkape...

Io blanka brilas salute... estas la grandaj folioj kun ciferoj!... kun nigraj diablaj ciferoj...

Mi devas nepre forpeli tiun krepuskon. Fajron mi devas havi. Per fajro mi venkos ĝin.

Miaj manoj palpas la poŝojn. Ili trovas la alumetojn...

Pak... sss... fuu!...

Huj, kiom la flamo kraketas kaj ekbrilas! Ha, ha, kiel la krepusko forkuras en la angulon! Sed la alumeto ne sufiĉas. Sendube la fajro devas esti ankoraŭ pli hela.

La grandaj blankaj folioj devas subteni min. Mi prenas unu kaj metas la alumeton sub ĝin... avide la flamo manĝegas la paperon... ĝi estas nesatigebla... ankaŭ la aliajn paperojn ĝi ekmanĝas... ĝi eĉ kuraĝas ataki la bluan aktujon...

En la ĉambro regas taghela lumo... ha, kie restis la krepusko?...

Kiel amuze saltas la malgrandaj flamoj sur la tapiŝo... kvazaŭ infanetoj petole ludantaj... kaj ilia patrino, la granda flamo, murmuretas gaje kaj kontente:

He, infanetoj! Dancu kaj saltu! Liberecon vi havas. Ĉar la malbonaj homoj forestas, kiuj povus limigi vian ludon... Sinjoro Muŝko estas bonkora patro, kiun vi gajigas per via ludo petola. Li kreis vin kaj ĝojas pri via vivo...

Sed la malgrandaj flamuloj fariĝas tro petolaj... ili nun veturas sur ruĝa fajra karuselo... ili saltas eĉ sur mian pantalonon kaj rajdas sur ĝi... kion?... ili nun eĉ ekpendas ĉe la tablotuko, ili balanciĝas je la franĝaj ŝnuretoj... ili grimpas je la franĝoj supren... kion ili volas sur la tablo?... ili eĉ mordetas miajn manojn kaj pikas... vane mi ilin forpelas...

Kaj nun ili alrapidas de ĉiuj flankoj grandare kaj volas min ataki... ili kunportas varmegon kaj fumon... iliaj longaj langoj lekas avide kaj serĉas novan nutraĵon... ili ne plu obeas min... ili fariĝis frenezaj...

Mi volas forkuri... sed ili baras al mi la vojon... la fumo mordas miajn okulojn... kaj jen... jen brilas nigraj ciferoj sur ruĝbrila papero...

Sinjoro Muŝko, vi estos formanĝata de viaj ruĝaj infanoj, ne farinte la kontrakton, kies ciferoj promesis al vi monon!...

Diable... diable... la mono cindriĝas!...

CAPITRO XV

MATEO ARDO:

Ni sidas en la ĉambro, dum la pluvo mallaŭte frapas kontraŭ la fenestraj vitroj. La lampo super ni dissendas tra sia ruĝa tuka ŝirmilo brilon, kiu ĉirkaŭas nin kaj plenigas la ĉambron per mistera lumo...

Longan tempon ni aŭskultas silente, kiel la pluveroj kantas iun kanton revigan. Ni atendas la revenon de sinjoro Borki, kiu hodiaŭ forveturis viziti najbaran amikon.

"Vi, Mateo!" ŝi diras mallaŭte. "Kial vi silentas hodiaŭ? Ĉu vi memoras hieraŭ sur la lago? Ho, mi povus karesi vin eterne, kiel mi karesis kaj kisis hieraŭ. Hodiaŭ mi estas tiel bonhumora, tiel libera! Ĉar Ernesto rezignis, ha, tiu knabeto, kiun ami foje mi kredis!"

"Ernesto?" mi demandas. Mi sentas ĵaluzon: tiu fraŭlino, kiu hieraŭ konfesis, ke mi estas unua, kiun ŝi amas, tiu virino... jam havis aferon kun tiu Ernesto.

Ŝi ridetas:

"Jes, Mateo. Li terure koleriĝis, pro vi komprenebble. Sed nun mi estas libera. Mi povas ami vin sola!"

Nian interparoladon interrompas veturilo, kiu brue veturas en la korton. Hundoj bojas, dum mi malfermas la pordon, por akcepti sinjoron Borki. La ruĝa lumo de la lampo penetras en la nigran eksteron kaj trafas la haltantan veturilon.

El la mallumo diras iu voĉo:

"Lia sinjora moŝto venos morgaŭ. Li pasigos la nokton ĉe sinjoro Vart. La vetero estas tro malagrabla."

Enpense mi fermas la pordon, dum la veturilo ekveturas malrapide.

Mi estas hodiaŭ en stranga ekscitita animstato. Grandega malkontento furiozas en mi kaj iaspeca nedifinebla sento de malkvieto kaj tedo.

Mi reiras en la ĉambron. Nur nun mi rimarkas, ke Halino ne sekvis min por akcepti sinjoron Borki. Tio min mirigas. Apenaŭ ŝi ŝajnas atenti mian eniron. Tiel enpensa ŝi estas...

Mi paŝas tien kaj reen. Mi diras:

"Li ne venis."

Sed mia voĉo perdiĝas en la silento, kiel ŝtono ĵetita en akvon. Ekŝpruce kaj subite.

Kaj la granda pendolo de la staranta horloĝo diras mal-rapide:

"Hm-tik, hm-tak... li ne venis! Ĉu vi, malgrandaj homaj geuloj, ne vidas, ke dekdua horo alproksimiĝas kaj admonas vin, ke vi iru nun dormi? Hm-tik, hm-tak... li ne venis!"

Mi timas ion diri. La silento – stranga premanta silento miksiĝas kun la ruĝaj radioj nebule kurantaj en la ĉambro. Ili pligrandigas en mi la malkvietecon. Fine mi diras:

"Mi iros nun dormi, Halino. Estas jam tempo..."

Miaj paroloj elgorĝiĝas nur pene kaj raŭke kaj kave resonas.

Mi proksimiĝas al ŝi.

"Bonan nokton, Halino."

Tiam ŝi eksaltas kaj ĉirkaŭbrakas mian kolon. Ŝiaj okuloj brilas kaj ŝiaj vangoj ardas.

"Jam?" ŝi flustras pasie. Ŝia varma spiro karesas miajn vangojn. Ŝi kisas min longe kaj pasie. "Jam... jam?" ŝi ripetas mallaŭte.

Maleme kun delikata perforto mi deprenas ŝiajn brakojn kaj turnas min al la pordo.

"Bonan nokton!" mi diras kaj forlasas la ĉambron.

Mi sentas, kiel du okuloj ardas sur mia dorso kaj sekvas min sopirege. Tio min ekscitas. Mi ŝanceliĝas. La ruĝa nebulo faras min malcerta. Ĝi penetras al mi en la okulojn, en la orelojn, tra buŝo kaj nazo kaj ebriigas min. Mia sango cirkulas ekscitite kaj mi varmiĝas...

Mi ŝanceliĝas tra la nigra koridoro al mia ĉambro. Antaŭ mia pordo mi ekhaltas. Mi aŭskultas. Kion ŝi faros? Ĉu ŝi sidas ankoraŭ en la ĉambro kaj fikse rigardas al la pordo, kiu restis malfermita? Mi rigardas la ruĝan nebulon, kiu elĉambriĝas kaj volas min retiri. Mi staras rigide. Mi estas nekapabla ion fari. Mi aŭdas, kiel mia koro batas. Mi... mi... Mia varma ŝvitanta mano ĉirkaŭpremas konvulsie la glacie malvarman anson. Mi ĝojas pro la anso. Ĝi sola retenas min. Mi konfidas ĝin. Sed Halino...

Ĉio silentas...

Mi kvietiĝas iomete kaj enpaŝas mian ĉambron. Mi eklumigas ĝin. Kun timo mi konstatas, ke ĉi tie regas la sama ruĝa nebulo. Mi fermas la pordon kaj paŝas al la fenestro. La pluvo ĉesis. Sed nigra mallumo regas ekstere. Io sentiĝas malantaŭ mi, kvazaŭ ies rigardoj... rigardoj, kiuj penetras el la ruĝa nebulo kaj demandas konstante: jam?... jam?...

Mi returnas min kaj rigardas en ŝian vizaĝon. Ŝi ridetas kviete.

"Ho, timemulo! Pro kio vi tremas? Ĉu miaj amemaj rigardoj ekscitas vin?..."

Mi paŝas al ŝi. Miaj okuloj fikse rigardas ŝin. Ŝia kvieta rideto, kiu ludas ĉirkaŭ ŝiaj freŝaj lipoj kaj iomete vidigas la blankajn dentojn, kreas en mi ian konfidon. Mi sentas la iom-post-ioman revenon de interna trankvilo.

"Halino, mi tamen amas vin!" mi diras mallaŭte. En mia voĉo miksiĝas humilo kaj pento.

Sed ŝi silentas. Montras konstante tiun rideton. Restas senmova. Mi timiĝas subite.

"Halino", mi krietas ekscitite. "Halino, diru, kial vi silentas?"

Rideto estas ŝia respondo.

Nun mi konstatas, ke estas pentraĵo, preskaŭ finita, kiu staras en la angulo. Tiu ĉi konstato ekscitas min terure. Sur la tolo ŝi ridetas. Ŝi havas agrablajn trajtojn de l' vizaĝo sur tiu ĉi bildo. Ho, se mi memoras, kiom da revoj senzorgaj helpis krei ĉi tiun bildon...

Mi paŝas en la ĉambro ĉirkaŭ la tablo, ĉiam ĉirkaŭ la tablo. Mi ekfumas cigaredon. Mia pensaro kuras kun mi. Same kiel mi, ĝi revenas ĉiam denove al la sama punkto...

Mi sidiĝas sur la sofo. Ia sopiro pli kaj pli sentiĝas... ia sopiro kaj dezirego revidi ŝin... tiun virinon, kiun ankoraŭ ĵus mi malŝatis, mi ne scias, pro kio...

Sed aŭskultu!... Ĉu? Mi levas min iomete kaj atente aŭskultas. Mia eksciteco pligrandiĝas. Mallaŭtaj paŝoj aŭdiĝas. Ili proksimiĝas laŭlonge de la koridoro. Mi rigardegas la pordon kun rigidaj okuloj. Ŝi venas. Mi scias tion certe. Ŝi venas al mi. Mi tremas...

La pordo malfermiĝas. En la kadro staras ŝi. La ruĝa nebulo ĉirkaŭas ŝian figuron...

Ŝi sidiĝas kontraŭe de mi sur io blanka... mia lito.

"Mateo," ŝi flustras, "ĉu vi povas mezuri mian grandegan amon? Ĝi krevigas mian koron. Ĝi vipas min kaj pelas min. Mi estas senforta. Pacon mi trovos ĉe vi, Mateo!"

Mi aŭdas ŝian voĉon, kiu trapenetras pene la plidensiĝantan ruĝan nebulon. Pasie sonas ŝiaj paroloj. Mi sentas la blovon de ŝia varmega spiro. Mi volas respondi ion. Sed la malemo subite ekvekiĝas en mi, kaŭzas tedon kaj naŭzon.

"Mateo, ni estas solaj!" ŝi diras mallaŭte. Sed ŝiaj okuloj krias pro pasia deziro.

Mi leviĝas. Miaj manoj tremas. Miaj okuloj fikse rigardas. "Mi amas cin! Mi amas! Sed ne sufiĉas al mi tia amo! Mi volas posedi vin tute! Vin tuta!..." krias voĉo. Mi ne konas ĝin.

Du fajraj brakaj serpentoj metiĝas ĉirkaŭ mia kolo... la nebulo blindigas min... ia varmego ebriigas min... la karno, karno!...

Tinta frapado aŭdiĝas sur la fenestra vitro... kio okazas? Miaj rigardoj ekpendas ĉe la fenestro... tie ŝi staras kaj ridetas... Zonjo! Sed tiu rideto estas nenatura. Malĝojaj trajtoj montriĝas...

Mi subite reŝanceliĝas... liberigas min perforte...

"Zonjo!..." mi ekkrias duone sufokite.

"Ha, ha!" eksplodas ridego, "estas ja la vento, la vento!..."

La ridego ĉasas min... ĝi timigas min...

Mi kuregas al la fenestro, malfermas ĝin... sed ŝi jam plu kuris... mi sekvas ŝin... mi ŝanceliĝas pro la akra ekfalo... mi rapidas en la mallumon... la freneza rido, kiu sonas en miajn orelojn, puŝas min antaŭen...

Miaj piedoj plektiĝas en iu arbetaĵo. Mi falas teren. Sed mi daŭrigas mian kuradon. Mi flugas tra la mallumo... ŝajne en nigran abismon malsupren... branĉoj vipas mian vizaĝon... mi ne atentas ilin... for! Sed la tero sub mi estas glata kaj malseka. La koto gluiĝas al miaj plandoj... mi falas...

Nun mi ne plu levas min. Mia forto ne sufiĉas. Mia konscio volas forlasi min. Sed mi retenas ĝin perforte. Mia spiro elbuŝiĝas kiel vaporo. Mi tremegas frostofebre.

Mi sidas sur gluema kaj malseka tero.

Sub mi etendiĝas iu palaĵo – la lago.

Apud mi staras arbetaĵoj. En la ĉielon kreskas nigraj grandeguloj – la poploj.

Mi sidas. Super mi ekmuĝas la poploj mallaŭte.

Mi sidas kaj streĉe rigardas. Ĉu ne iuj blankaj figuroj dancas ĉirkaŭ mi?... Brakoj etendiĝas sopire... brustoj leviĝas avide... kaj nudaj plektaĵoj de brakoj kaj kruroj serpentas...

Mi volas reiri. Pro kio mi forkuris? Ŝi ja pasie atendas... Mi volas leviĝi, rampi... sed mi refalas senforte.

Iom post iom gutoj falas. Sur la ĉielo migras grandegaj nuboj... kaj la poploj minacas gigante.

Pluvas... La pluvaj gutoj falas sur la foliojn, ruliĝas de ili malsupren kvazaŭ larmoj. Ili falas sur min... kaj miksiĝas kun miaj larmoj, kiuj malrapide, nehaltigeble ruliĝas sur miaj vangoj...

Mi ploras. Miaj larmoj fluas. Ili estas balsamo por mia vundo, kiun mi sentas en mia koro...

Mi malfideliĝis al vi, Zonjo! Mi forgesis vin...

La pento fariĝas pli kaj pli granda. Mi pekis kontraŭ Zonjo. Mi amis alian virinon, kiu forlogis min de mia hejmo. Mi perdis mian hejmon...

Ĉi tiu ekpenso kaŭzas al mi profundan doloron. Mi riproĉas min. Kiel maldankema mi estis... mi estis blinda. Kaj tiun blindecon kaŭzis Halino...

Mi returnas min. Tra la nigraj siluetoj de la arbetaĵoj brilas ruĝa lumo. Ĝi penetras tra miaj larmaj gutoj en la fundon de mia animo. Mi fermas la okulojn. Mi ne povas toleri la lumon, kiu brilas el ŝia ĉambro. Mi freneziĝas. Mi freneziĝos pro mia grandega doloro kaj la soleco, kiu ĉirkaŭas min...

La pluvo plaŭdetas per sia sennombra gutaro sur la lago. Kaj la grandeguloj staras kaj etendas super mi siajn longajn brakojn... siajn nigrajn brakojn kun akraj ungoj. Tiuj rigidaj ungoj... ili metiĝas ĉirkaŭ mi, ili proksimiĝas. Kion? Kion?... Ili volas preni mian kolon. Mi levas la manojn por defendi min, por deteni la malamikojn.

Miaj larmoj fluas. Mi ploregas. Mi ne scias, pro kio. Ĉu mi perdis la hejmon? Ĉu mi ne plu povas reveni tien, kie ili min atendis dum du jaroj sopire? Ĉu fakte mi ne plu indas?...

La tero, sur kiu mi kuŝas, estas gluema. Mi metas mian kapon sur ĝin. Ĝi malvarmetigas miajn vangojn kaj mian ardantan kapon.

Ho, tero!... Tero, kiu vi estas patrino de ĉiuj homoj. Kiu vi ensuĉas la larmojn de ĉiuj kompatinduloj, la larmojn, kiuj fluas pro funebro, ĝojo aŭ pento! Ho, tero, kiu vi portas tiajn belaĵojn, kaj sur kiu vivas tiom da homoj feliĉaj! Konsolu min, kiu estas via mizera filo...

Sed neniu aŭskultas min. Mi estas sola...

Mi volas leviĝi. Mi estas tro malforta. Mi enprofundigas miajn fingrojn en la molan teron. Mi rampas. Malrapide. Ofte mi reglitas. La tero estas ŝlima. Mi ripozas kaj rigardas supren. Mi vidas grandegajn nigrajn nubojn. Ili pendas super mi. Ili minacas kvazaŭ volante fali malsupren por min frakasi...

La pluvo ĉesis. Iu venteto leviĝas. La poploj murmuras. Stranga krio aŭdiĝas. Ĝi penetras tra la mallumo kaj ŝire sonas. Estas strigo. Ĝia krio tremigas min malvarme...

El la abismo briletas mistere pala ebeno. Mi sentas, ke malvarmo proksimiĝas el la abismo, sur kies rando mi kroĉas. La malvarmo atingas miajn piedojn, ŝoviĝas antaŭen, rampas pli supren laŭlonge de miaj kruroj... kaj ekmovas miajn dentojn je frosta klakado...

Mi rampas supren. Antaŭ mi la domo elombriĝas.

Mi rigardas ĝin kaj atendas. Kion mi atendas? Ŝian lumon, kiu estingiĝis... mi atendas ĝin kun timo. Mi ne povas antaŭvidi, kion mi farus, se ĝi ekflamiĝus subite. Sed mi sentas, ke okazus io terura...

Mi devas forkuri de ĉi tie. Ien. Tuj. Rapide... mi devas!

Nova forto trakuras miri. Mi levas min kaj ŝanceliĝas al la domo...

Mi grimpas tra la fenestro en mian ĉambron. Mi etendas ambaŭ manojn kaj palpas. Seĝo baras al mi la vojon. Mi volas paŝi al la elektra kontakto. Mia mano serĉas ĝin sur la muro...

Mi hezitas subite. Mi timas, ke la ruĝa lumo ekbrilos kaj ebriigos min. Mi timas ĉi tiun lumon. Mi malamas ĝin.

Mia mano ŝoviĝas malsupren en mian poŝon kaj serĉas alumetojn. Mi eklumigas kandelon. Ĝia flamo maltrankvile flagretas tien kaj reen.

Jen la ŝranko! Mi malfermas ĝin rapide. Mi elprenas mian kofron. Ĉion mi ĵetas en ĝin. Mi devas forrapidi... ĉion kunpreni. Kaj tuj...

La kofro estas plena. Sendecide mi rigardas ĝin...

La rigardoj fiksiĝas kaj mi ŝtoniĝas. Ŝi...! Ŝi ridetas el la kofro...

"Hi, hi! Mateo! Mi kunveturos. Mi ne forlasos vin. Mi estas pli fidela."

Mi ekscitiĝas. Per rapidega manmovo mi ekprenas la bildokadron kaj ĵetegas ĝin en angulon kontraŭ la muron.

La vitro de la kadro rompiĝas tinte, kaj sonegas tra la silento.

Sed en la angulo ŝi stariĝas. Ŝi ridetas triumfe kaj moke.

La kapon antaŭen kun rigidaj brakoj mi paŝas malrapide al ŝi.

"Halino, vi venis por tenti min!" mia voĉo krias raŭke pro furiozo. "Sed vi malinda estaĵo, kiu vi rabis de mi mian hejmon, virinaĉo senhonta! Mi strangolos vin. Mi strangolos!..."

Sed ŝi plu ridetas...

Kaj tiam mi salte ekkaptas ŝin.

Miaj manoj tenas la tolon, sur kiu mi pentris ŝin, mi dispecigas ĝin furioze. Dum momento aŭdiĝas nur la disŝiriĝo de la tolo. La pecojn mi ĵetegas sur la plankon. Mi surpaŝas ilin per miaj piedoj...

Mi foriras...

Mi migras for... kien, mi ne scias. La kofron en la mano. Mi paŝas rapide. Mi ne rigardas reen. Mi ĝojas, ke mi konstante pli kaj pli malproksimiĝas de la domo, en kiu loĝas virina demono... Malantaŭ mi kuŝas nigraĵo. Antaŭ mi etendiĝas griza strio. Jen estas mia celo. Ĉu la vojo estas ankoraŭ longa? Mi ne scias tion. Mi rapidiĝas...

Mi ŝanceliĝas. Ofte mi faletas pro ŝtono aŭ malebenaĵo. Tion mi ne atentas. Miaj plandoj estas plumbopezaj. Ili gluiĝas en ŝlimo de la vojo. Ofte ili ŝpruce trapaŝas marĉeton. Mi ne atentas tion. Mi volas atingi la grizan strion...

La vento pelas akverojn en mian vizaĝon. Mi devas pli malsupren tiri mian ĉapelon. Mia mano vane palpas. Mia kapo estas senĉapela. Kie restis mia ĉapelo? Mi restigis ĝin en la domo malantaŭ mi. Tiu konstato ĉagrenas min. Sed mi konsolas min. Se mi atingos la grizan strion...

Mi plu ŝanceliĝas. La griza strio pli kaj pli heliĝas. Ĝi pliproksimiĝas konstante. Pli rapide mi paŝas...

Miaj dentoj klakas pro malvarmo. Miaj haroj falas malsupren sur mian frunton. Ilia malsekeco gutiĝas kaj ruliĝas trans mia vizaĝo. Ili kovras miajn okulojn. Ili estas kvazaŭ feraj kradaj stangoj, tra kiuj mi rigardas sopire antaŭen... kiel malliberulo en sia ĉelo... tien, kie libereco min atendas!

Ruĝete lazuriĝas la griza strio. Ia grandega fajro brilas tie. Ha, fajron mi sopiras. Sed ĝi devas esti varma kaj agrabla. Mi devas atingi ĝin...

Sed mi laciĝas subite. Io estas en mi, kio rigidigas min. Ĝi logas min, ke mi ripozu. Mia mano metas la kofron sur la teron. Mi sidiĝas sur la kofro. Mi ĉirkaŭrigardas. La griza strio malaperis. Mi troviĝas en densa arbaro. Nigra ĝi estas kaj maldiafana. Mi estas sola. Neniu helpos min. Mi estas laca. Mi ne konas la vojon. Mi volas iri hejmen. Hejme mi sentos min bone. Sed kie estas mia hejma domo?...

Sed jen... ĉu ne estas ruĝeta lumo, kiu ŝteliĝas tra arbara densaĵo? Ĝi vokas min. Mi penetras en la densaĵon. Miaj manoj trenas la kofron. Mi aŭdas la vokon de tiu hela flamo...

Kaj jen!

Antaŭ mi fajra kolono leviĝas al la ĉielo. Ĝia hela flamaro min blindigas. Muta mi staras...

Malantaŭ la flamoj buliĝas nuboj, grandegaj nigre-ruĝaj nuboj. Ili rapide turniĝas en la aero, leviĝas supren kaj proksimiĝas. Mi sentas, ke ili reprezentas titanan potencon. Timo vekiĝas en mi. Io terura okazas tie...

Iaj homaj ombroj preterkuras min. Ili krias kaj iliaj longaj brakoj gestas...

Hundoj bojas...

Iu sonorilo ektintas. Ĝi obtuze sonas, kreante teruron...

Kaj en ĉi tiun sonadon miksiĝas kriado:

"Fajro!... Fajro!... La bieno de sinjoro Muŝko bruliĝas!..."

La sonorilo daŭras sonori. Ĝia freneza voĉo penetras en mian cerbon kvazaŭ borilo... ĝi tremigas mian tutan korpon... ĝi kreas en mi ian senfinan funebron... ian malĝojon...

Ho, kiel fluas la fajraj nubaj amasoj! Kiel ili alruliĝas gigante simile al grandegaj rokaj nigraĵoj, kiujn la suno radias! Kaj post ili restas nur morto!...

Morta angoro skuas min...

Mi returniĝas en la arbaron... al la arboj, kies trunkoj kaj foliaro ruĝe brilas en la lumego... Mia longa ombro ŝanceliĝas antaŭen...

Malantaŭ mi ekkrakas trabaro ruine falanta...

Mi paŝas pli rapide. Mi faletas pro elstarantaj radikoj kaj trunkaj ŝtipoj. Mi puŝiĝas kontraŭ arboj kaj arbetaĵoj.

Mi ne returnas mian rigardon. Mi sentas min, kvazaŭ mi mem kaŭzis tiun furiozantan brulon de la bieno de sinjoro Muŝko. Kvazaŭ mi mem bruligis ĉi tiun fajron kaj nun forkuras kiel aĉa krimulo...

Mi estas eksterordinare ekscitita. Ankoraŭ sonas en miajn orelojn la sonorilo, sed nun ĝeme kaj riproĉe. Mi ne kapablas ion pensi nun. Mi iras antaŭen kvazaŭ maŝine...

Ruĝaj kaj verdaj lampetoj ekbrilas antaŭ mi en malproksimo: la stacio.

Rulado aŭdiĝas: la vagonaro.

Mi rapidiĝas.

Sur la perono de la malgranda stacio neniu estas videbla krom la staciestro kaj alia oficisto. Mi ĝojas, ke ne estas la stacio Valo. Ties staciestro sendube ekkonus min...

Mi aĉetas bileton. La vagonaro enveturas. Mi ensaltas malplenan kupeon.

Nur nun mi rimarkas, ke mi ne havas ĉapelon, ke miaj botoj kaj pantalonoj estas malpuraj je koto. Mi purigas min laŭeble, serĉas ĉapon el mia kofro...

Dume la vagonaro portas min al Kastelujo...

Mi volas iri hejmen... mi ektimiĝas: hejmen? Ĉu mi posedas ankoraŭ hejmon? Ĉu mi ne malfideliĝis al ĝi?...

Enpense mi iras laŭlonge de la senhomaj stratoj de Kastelujo. Miaj piedoj malgraŭvole portas min pli kaj pli proksimen al la dometo. Ia magia forto tiras min tien...

Kaj jen ĝi subite ekbrilas en la diafana matena nebulo... la blanka dometo!

Mi ekhaltas subite antaŭ la barilo.

Mia animo estas distaŭzita. Malgajeco regas en ĝi...

Kion? Ĉu iam ne same mi staris antaŭ tiu barilo kiel knabeto kun sopirantaj okuloj? Ĉu ne same iam tremis miaj manoj kaj ektuŝis ĉi tiun barilon? Ĉu ne same rigardis miaj okuloj al ĉi tiu dometo, al la tilio, al la personoj, kiuj sidadis sub ĝia ombrodona branĉaro?...

Ho, iam sidis tie knabino. Iam la dometo ŝajnis al mi serena kastelo. Iam skuis la tilio sian foliaron kaj flustris al mi kuraĝigajn parolojn...

Hodiaŭ ĝi staras minace kaj mute. Kaj la dometo ŝajnas mortsilenta. Kaj en la ĝardeno mortis la birdoj...

Funebro en ĉi tiu loko ekregis... funebro pro la filo, kiu foriris kaj malfidele forlasis la hejmon...

Mi ŝtoniĝas...

Longan tempon mi tiel staras... kaj en mia animo pento vekiĝas...

Malkuraĝete mi malfermas la barilan pordeton. Mi paŝas antaŭen... Miaj okuloj leviĝas al ŝia fenestro...

"Zonjo," flustras miaj lipoj, "mi pekis... Mia kulpo estas granda. Ĉar mi trompis vin, Zonjo, kiu vi estas pura kiel la lilioj en via ĝardeno! Mi trompis vin, kiu vi kredis kaj konfidis al mia grandega amo! Kiu vi kredis, ke mia amo al vi estas pli forta ol kiu ajn tento! Kaj mi pekfalis. Mi malfideliĝis al vi... mi malfideliĝis al mia hejmo!..."

Mian voĉon rompas singulto...

Mi febras... mi laciĝas... miaj okuloj pleniĝas de larmoj...

Mia kapo doloras... mia animo disŝiriĝas... la konscio perdiĝas... mi etendas la manojn... mi teren ruliĝas!...

Disŝiriĝas la krepuska nebulo...

Kaj la ruĝo de l' suno salutas la blankan dometon per ĝoja varma kareso...

En la tilio malgranda birdo komencas kanton pri amo kaj hejma feliĉo...

Kaj la matena venteto en verdaj folioj akompane muĝetas...

Tagiĝas...
Kaj ankoraŭ mi kuŝas... kvazaŭ ligna ŝtipo. Ĉu mi estas Mateo? Miaj pensoj konfuziĝas. Mi malfermas la okulojn. Pala flaveta lumo rebrilas de la plafono kaj mikse perdiĝas ĉe la fenestroj en senkonsola grizo de l' matena krepusko. Kun miro mi rimarkas, ke mi kuŝas sur mola divano... Subite kvieta voĉo atingas miajn orelojn: "Vekiĝu, amiko! Sufiĉe vi vagis en la abismoj de homaj animoj. Mirindaĵojn vi vidis. Vi rampis sur abruptaj deklivoj, aŭskultis la muĝon de sovaĝaj montaj torentoj. Vi venis sur la fundon de la abismoj, promenis sur vastaj ebenaj herbejoj. Kaj la suno serene rigardis trans la rokaro, sur floroj vi paŝis, trapaŝis nigrajn densajn arbarojn. Vi konas nun la abismajn regionojn. Strangaj ili estas, multvariaj, ofte freneze sovaĝaj... Sed vi laciĝis, amiko, pro la longa migrado. Iru nun hejmen..."

Antaŭ mi staras la hinda fakiro en longa mantelo. Malrapide mi leviĝas. Mi ŝanceliĝas antaŭen...

Sur la senhoman straton mi paŝas. Mi iras al iu direkto. Mia kapo estas plenplena de pensoj, kiuj interpuŝiĝas malorde en mia cerbo...

Strangaj solenaj sonoj de tura horloĝo vibras en miaj oreloj kaj anoncas la kvinan horon matene.

Kaj dum mi frotas miajn okulojn kaj komencas ordigi la ekscititan pensaron, mi ekmigras al mia hejma verkista ĉambreto.

Antaŭ mi riverence disiĝas la griza krepuska nebulo...

Mi paŝas el abismaj sonĝoprofundoj...

Al la suno renkonte!...